Fate/Labyrinth

櫻井 光
原作 TYPE-MOON
插畫 中原

Kadokawa Fantastic Novels

插畫／中原

怪獸插畫／マタジロウ

ACT-1

Fate/Labyrinth

——沙条愛歌作了個夢。

西元一九九一年，二月某日。

東京地下某處。

在誰也看不見、摸不著的暗黑深淵中。

存在著搖曳不定的物體。它長久以來維持沉睡，等待覺醒之時。

那就是，大聖杯（Saint Graph）。

積蓄人類的意念，為導引來自遙遠彼岸「某事物」而存在。

正確名稱應為仿聖杯——

如今，這仿聖杯為一名少女所有，或者說細心呵護。它像顆一摔就會砸個粉碎的小蛋。

愛歌就是將這巨大的聖杯當作極為脆弱的小東西一樣呵護。

為實現心上人的願望。

不時摸摸它，和它說話。

甚至閉上眼睛，哼出搖籃曲般的旋律。

正如同此時此刻。

——而就在轉瞬之間。

愛歌的意識忽有波動。

原本不須以睡眠恢復肉體疲勞的根源之女，確實在這一刻感到舒爽的睡意。

這是不可能的事。

除非故意去做，她的身體根本不需要休息。

那麼這一定不是偶然，也不是某種奇蹟。

正因愛歌有明確的意識，才能有睡眠的情況發生。

原因無他。

因為她想作夢。

就只是心血來潮，想和普通人一樣作夢。

意識頓時離開肉體，飛過睡意之海的彼端，超越在世界極境閃耀的光輝。

——不久，她醒來了。

愛歌睜開雙眼。

燦如日芒的俏睫為之顫動。

清澈的眼眸，在黑暗中仍得人憐愛般地綻放光輝。

在現實與夢幻的地平線另一頭。

在自己不同於原來世界的世界。

以自己不同於原來肉體的肉體。

在幻想種、合成獸（奇美拉）、致命魔術陷阱等蠢蠢欲動的「迷宮」中。

——她，邂逅了。

那是彷彿為守護變得如此弱小的自己而來的一騎英靈（使役者）。

即使換了一個世界也依然遭遇的命定之人——

「我問妳，妳是我的主人嗎？」

應是同一人物的他。

應是不列顛王的他。

現在——

而是不折不扣的少女之姿。

Fate/Labyrinth

「奇怪——？」

少女不禁傾首。

原因十分明朗。

因為站在她面前的，的確是愛歌所知的騎士王。其儀態、宛若清風的風範，宿懷救國大願的蒼碧眼眸，一切都和騎士王一樣，然而——卻又明顯不同。

首先是身高——仍比愛歌還高，但沒有這麼矮。

再來是頭髮——依然是金髮，但從沒見過這細心編紮的髮型。

然後是鎧甲——只有概念相同，但細節各處都不太一樣。

最後。

最決定性的——

「你怎麼變成女生了？」

正是愛歌唇間零落的這個疑問。對，沒錯，就是這樣。

與這點相形之下，其他根本就不重要。

心愛的他，竟然變成「她」了！

若是我，一定會震驚得什麼也無法思考。雖然沒什麼像樣的戀愛經驗，也能十分地肯定。自己一定會驚訝得不得了，腦袋一片空白，混亂上一個小時。

可是愛歌不同。

即使驚訝，也不會誤認自己眼前的人物。

能夠正確面對現實。

無論那是原來的世界，還是泡影般的夢中世界。

情況、理解、整理、掌握。

愛歌與我，一起坐在地上仰望著「她」。

冰冷地面，在很久以前建造的通道中。

石砌通道，鋪石的地面。

這裡是某界極為知名的「迷宮」一隅。

雖然陰暗，但具有微弱光源，不至於全黑。不知怎地，我感覺得到那與不滅的魔法火炬是同樣效果，所以愛歌自然也曉得。

看，愛歌已經接受了四周令人驚奇的一切。

我已經混亂到快昏倒了，她卻泰然自若。

「呃……」

纖白的手指點在同色的臉頰上。

愛歌——

那位穿明亮淺藍洋裝的公主，似乎決定先整理記憶。

嗯，我也覺得那樣比較好。

閉上眼睛，愛歌截至此刻的記憶便瞬時在腦海中擴展開來。

一九九一年，聖杯戰爭即將結束的某日當晚，愛歌在東京地下撫摸著大聖杯而睡去，並主動調整腦功能，進入夢境。因為實際上的確是全能的妳，能夠作自己喜歡的夢。

可是。

妳偶爾也有不曉得會作什麼樣的夢。

那就是妳要的。像普通人一樣，像我一樣。想作沒什麼值得特書，凡人的普通夢境。

不曉得會發生什麼事。

想徜徉於充滿不可思議、神奇、變化與驚喜的夢海。

於是沙条愛歌——

妳如願作了這樣的夢。

不存在於現實，只因妳而起的這一幕。

在一切幻想所沉眠的現實背面，甚至飛越世界的盡頭，輕易突破不同的時間、空間、更甚於此的「某種事物」，妳將自我與意識送入旅程。在極光之下，妳望著能夠瞬時摧毀人類自我的東西，翩然越過換作是我不消兩秒就會磨滅的地方。

──愛歌，見到了龍。

孤高和善，千百年來只待伊人的龍。

「好美的龍喔。」

妳這麼說著。

龍沒有答話，凝望世界的盡頭。

──愛歌，見到了光。

閃耀於極境，隻身維繫世界表裡的光。

「好美的光喔。」

妳這麼說著。

光沒有答話，在原處紋風不動。

「喂。」

某人開口。

愛歌，妳還記得吧。

霎時來自睡意的波濤將妳的意識推向別處。

別處。什麼地方？

有宇宙般的暗黑，有窮極的光輝，也有萬物中心般的漩渦——還有毫無生活感的公寓一室。

「『那東西』不行，得留在這裡。」

在那裡——

你注視著一雙深邃無極的燦爛碧眼。

就在那之後。

妳的意識與自我來到此處。

為達成那唯一使命，我來到這黑暗的庭園，來到這「迷宮」。此時此刻，有場非此處的魔術儀式就要展開。

不，這樣說不夠正確。

妳夢見了自己想要的夢境。

妳的這場夢，是我的現實。

來自我無從知曉的一九九一年、我無從知曉的地方——

——沙条愛歌透過我的腦，降臨在我的肉體上。

「哎呀，真的耶。這不是我的臉。」

在石室之中——

愛歌仔細看著小鏡子這麼呢喃著。

我現在發不出有聲音的話語，也無法傳達明確的訊息，只能以殘存的意識對她的發言表示同意。

我的肉體完全在愛歌的掌控之下。

所以愛歌以這臨時肉體之眼所見的鏡中影，在我看來是愛歌的模樣，肯定就是這個緣故。

相對的，在妳看來一定是我的臉。

「就是這麼回事吧。現在的我並不是我。」

她看著鏡子，再度確認狀況。

愛歌看似一點也不驚訝，但其實還是有那麼一點點嗎？

她撫摸臉頰，像是在比對面部起伏與觸感。

「主人，我們該談談正事了吧。」

人在幾步外的「她」這麼說。

武裝狀態的她和看著鏡子思索的愛歌截然不同，沒有半分懈怠地警戒四周。當然，這陰暗的房間畢竟是「迷宮」的一部分，即使不像先前的通道那樣會自然產生怪物，也難保不會有陷阱。那些陷阱裝置能使人當場斃命，且能對魔術師甚至英靈造成重傷的也不足為奇。

這多半是魔術師的房間吧。

不知道這個魔術師會不會是這「迷宮」的建造者。能確定的是，房內這張老舊的木製實驗桌顯然是中世紀魔術師特有，布滿一整面牆的大小櫥櫃裡擺滿了培養魔術觸媒等用的玻璃瓶。

有點像帕拉塞爾蘇斯的房間——

這是愛歌的感想。我無法過於干預愛歌回憶。

「也對，我也有話想問妳。」

「好。」

不曉得這位身穿蒼銀鎧甲，成了「她」的英靈是如何看待現在的我，如何看待實質上變成愛歌的這副軀體。前不久，以僅限這座「迷宮」為條件進行召喚並結下契約的我，在

「她」眼中還是不是我呢？

「……主人，看來妳身上發生了很特殊的事呢。在我完成現界的那一刻，我感覺到妳在我眼前變成另外一個人。」

「呃……那個，可以先回答我一個問題嗎？」愛歌轉身問道。

「請說。」

「在妳看來，我現在是什麼樣子？」

「一個穿連身裙的少女。」

「好吧——這樣啊。」

原來如此，我懂了。

相信愛歌也和我有同樣想法。

不會錯，這軀體如今已完全是沙条愛歌的軀體，唯有愛歌能感受到我是這副軀體的原主人。所以在劍兵和我眼中，這軀體怎麼看都是愛歌的樣貌。

「我大概明白了。我好像是和這孩子合而為一了。」

「什麼？」

理所當然地，「她」的眼神浮現疑問。

愛歌這明確的說法絕沒有錯，但在別人聽來是沒頭沒尾。

「或許是因為這樣吧，每件事都和平常不一樣。魔術效果也很差——」

說到這裡，她放下鏡子。

右手在空中作抓取貌。

隨後，纖白指尖處出現我也看得見的魔力光。不消一秒，愛歌掌上出現一塊直徑十幾公分的結晶體。若是沒有魔術素養的人，就連知名科學家都會以為是無中生有吧，但事實不同。

那是匯聚空氣中的大源（瑪那）而成的高密度魔力結晶！

就連出師的魔術師，要做出這麼大的結晶也得花上好幾天，對她卻是一轉眼的功夫。

「這……雖然我不諳魔術，但也看得出來這十分驚人呢。」

「不過平常，我可以做出更大更大的結晶。」

愛歌說得好遺憾。

可是，不知怎地。

好像摻雜著些許喜悅的味道？

「嘿！」

好可愛的喊叫。

並不是單音節的咒語，就只是單純的少女喊叫。

但愛歌已經耗用剛形成的結晶施展魔術。她正上方，隨即浮現一個高達天花板的巨大怪物。啊，危險，這很危險。如果我還是平時的我，見到這種怪物恐怕會嚇到失禁。

那是難以想像的異形。

有爬蟲類融合昆蟲的外觀，看不出是內骨骼還是外骨骼生物，散發與人世任何生命都不同的氣息。

而那樣的怪物，在空中才剛獲得實體——就立刻消失了。

那是降靈術還是召喚術？

難道是瞬時精製的魔獸一類？

「主人，那是什麼？」果然厲害，「她」不為所動。

「喔，我只是想做個小使魔，結果……」

「那雙巨大的前腳充滿了非常純粹又強大的魔力，真是厲害。」

「可是幾秒鐘就散掉了。這樣頂多只有低階色位(Brand)的力量……不好意思喔，讓妳看到這麼丟人的樣子。」

那是真心話，沒有半分虛假。

愛歌說得羞紅了臉。

有如知書達禮的淑女意外做出失禮之舉，歉疚得恨不得找洞鑽。所謂色位，是魔術協會制定的位階，只有一流魔術師中的頂尖魔術師才能獲得認可。然而愛歌卻說它只有低等色位，羞愧至極地紅著臉低下頭去。

愛歌，妳——

平時究竟能使用多巨大的力量？

還是別想像的好。憑我的程度，肯定是連邊都摸不著。

「主人，我已經明白妳是非常強大的魔術師了，那我也不必吝惜於說出我的真名。我的職階是劍兵，而——」

「亞瑟王。」

「！」

「手握星輝聖劍之王，真名是亞瑟．潘德拉岡。沒錯吧？」

若無其事地。

愛歌說中了使役者必須隱匿的真名。

即使是沒有觸媒的召喚，愛歌也說出了「她」的真名。不是像平常那樣，世上任何一切都瞞不了她。不，應該說是因為妳仍是沙条愛歌，就連在這個對妳而言不過是夢境的地方，使無數探險家與魔術師喪命的「迷宮」也一樣。

所以，妳知道「她」的名字。

即使性別改變。

即使換了世界。

她也不可能錯認所愛。

「那的確也是我的名字，不過阿特莉亞・潘德拉崗才是我的真名。」

「好美的名字。對，真的好美。」

「謝、謝謝妳。」

意料外的讚美，讓「她（劍兵）」愣了一下。

不過她的眼神很快就恢復原有的嚴肅。

「……表面上，我的確稱為亞瑟，傳說和歷史上也是這麼稱呼我吧。正因如此，妳連寶具都沒見到，只憑外表就說中我的身分……實在教人意想不到。」

「妳的寶具是勝利之劍？」

「正是。」

「她」坦然頷首。

愛歌注視那模樣，柔柔一笑。

有點遺憾，有點哀傷。

「……果然是這樣。」

「什麼意思？」

「我說的是妳，劍兵。手持星之內海所鍛聖劍的妳，在這裡是個女孩子——雖然很美很可愛，我絕對不討厭這樣的妳，可是妳依然不是我的劍兵。」

「？？」

「聽我說喔。」

愛歌對疑惑地閉上雙唇的使役者娓娓道來。

以簡單幾句話。

說明這一切對她而言不過是場夢。

說明這其中一定有誤。

說明這肉體原本是屬於他人——也就是我。

說明她必須盡快醒來，返回她心屬的劍兵身邊。

我不曉得劍兵是否懂她每一句話。假如我站在她的立場，多半會認為這個才華洋溢的魔術師少女是被這恐怖的「迷宮」逼瘋了吧。

所以我很驚訝。

因為劍兵在聽完愛歌的說明後，點頭說了這樣的話：

「我不敢說自己完全理解了，不過在這座『迷宮』之中，發生這樣的事也是有可能的。」

「這樣啊？」

「是的。」

「她」回答很肯定。

其中有堅定的信念與堅強的意志。

「所以主人，妳——

必須終結這座『迷宮』中的亞聖杯戰爭才行。」

——這是存在於世界某處的魔窟。

——吞噬所有入侵者、惡名昭彰的「艾爾卡特拉斯第七迷宮」。

每一樓層皆充斥無數危險。

幻想種、合成獸、自動人偶、致命陷阱或結界，堪稱是無窮無盡。

過去有許多探險家試圖挑戰，然而無人生還。

不僅是無力的一般人。
就連魔術協會直接派遣的魔術師也無法攻陷。

到了現在。
某人在這座「迷宮」最底層設置亞聖杯，並啟動了它。

它自動召喚四名使役者至此。
神話、傳說、軼聞、歷史。
人們傳頌至今的人物——身懷空前絕後之力現界的英靈。
這四騎英靈可以為所欲為。
可以敵對廝殺。
也可合力奮戰。

四騎英靈都往同一個地點前進。
那即是最底層的最深處，設置亞聖杯的房間。
為的是「佔有」或「破壞」亞聖杯。

「亞聖杯？」

「對。過去有個以艾因茲貝倫第三魔法為核心所創造的願望機大聖杯，而這個是仿製品，也就是假的聖杯，絕不是真的願望機。」

「哼～是喔。和仿聖杯不一樣嗎？」

愛歌與劍兵兩人在「迷宮」內小心地前進。

陰暗中——

劍兵警戒著無止境的危害來襲。

愛歌跟在她幾步之後。

兩人都幾乎沒發出腳步聲。劍兵不愧是超越人類智慧的英靈，身穿魔力構成的金屬鎧甲也能做到這種地步，實在教人敬佩。至於愛歌，她的舉手投足也一一令我驚愕。這位說不定年紀比我還小的少女，有她做不到的事嗎？

不。至少我敢斷言，她在這裡有做不到的事。

事實上，愛歌就連這座「迷宮」究竟是什麼也不曉得，就連亞聖杯的事也是聽劍兵介紹才知道。

她雖能使用色位級的魔術，但並非全能。

「亞聖杯也能召開聖杯戰爭嗎？」

「可以，不過能召喚的英靈絕不超過五騎。以這次的亞聖杯而言，就只有四騎。」

「打倒其他英靈就好了嗎？」

「不，主人。」

兩人在轉角處稍作停留。

劍兵將一塊散發微光的礦石——那是取自先前房間的魔術觸媒，愛歌對它施了魔術當作油燈向前舉起，檢查有無陷阱。儘管她很抱歉地說自己雖是勝戰無數的戰場英靈，並不擅長這類的探索，但動作仍是有模有樣。

就我個人經驗而言，在轉角用鏡子更好，然而我現在只是殘留於肉體角落的些許意識，無法傳達給愛歌或劍兵知道。

「這次的亞聖杯戰爭，勝利條件是抵達最底層最深處的房間。找到並獲得亞聖杯的人才是贏家。」

「那贏家許願可以成真嗎？」

「……這我就不清楚了。」

劍兵稍稍搖頭。

「亞聖杯是贗品，在實現願望的能力上，遠不如真正的大聖杯。」

「是喔。」愛歌呢喃似的回答。

「魔術師前往根源之渦的大願，它也無法實現吧。我們這些自動召喚來的英靈，也不曉得能實現幾成宿願。」

「說一句不太中聽的話——」

最後有稍微的停頓。

是因為擔心自己的話會讓劍兵失望嗎？

我認為就是這樣沒錯。現在佔有我肉體的愛歌，失去了她視為「正常」的能力。例如……沒錯，例如那雙彷彿能看透一切的眼睛。

「我想妳是無法實現宿願了……如果妳和那位如我所知、外觀不同的劍兵，有著同樣願望的話。」

「……真巧啊，愛歌，我也是這麼想。那麼——」

話聲暫歇後。

劍兵對愛歌輕聲宣告。

聲音，在冰冷的鋪石通道上微微迴響。

「我要破壞亞聖杯。」

「……嗯，很好。

我也想過該怎麼辦，而最後的結論和妳一樣喔，劍兵。」

不知劍兵是否聽見了愛歌的聲音。

那有如風鈴，惹人憐愛的嗓音，就在此刻被一陣轟隆聲抹消了。

「既不足以實現願望，卻有讓英靈現界的魔力，我不喜歡這種虎頭蛇尾的東西。」

愛歌還湊在劍兵耳邊說話。

只為讓劍兵聽清楚。

可是我仍不確定劍兵是否聽見，因為她看起來並沒在聽。

經過幾個轉角後——

兩人面前出現狀況。

是陷阱。考驗盜掘者，或者說探險家避開陷阱的功夫，一旦發動就束手無策，普通人肯定會被壓死的致命陷阱。我也曾實際目睹過幾次。

那正是以巨響阻礙愛歌說話之物。

從通道彼端，喀嘰喀嘰地發出削磨周圍石牆和石地的刺耳聲響，遮蔽整個通道直線逼近的——巨石！且經過精密計算，中途絕不會停下。

好可怕的質量與速度。光是想像其所產生的動能，就令人毛骨悚然。

我聽說使役者能夠輕易抵擋不具魔力的質量攻擊，要擋下巨石想必也不是問題，可是劍兵表情越發焦慮，拔腿逃離進逼的巨石。跑得好快。雙手抱著愛歌。

啊，對喔。

我明白了。

即使劍兵會平安無事，主人愛歌可不一定。

至少劍兵認為愛歌無法抵擋巨石。知道與肉體無異於一般人的我合為一體的她，遭巨石壓過會是什麼下場。

大概吧、也許吧，不過——

「劍兵，妳有在聽嗎！」

「愛歌妳等等！有話以後再說！」

「我是想說現在感覺是上坡，好像不太對勁耶。」

「這樣不應該有那種速度，巨石經過魔術加速了！」

「哇，前面是死路耶。劍兵妳看。」

「——我要強行突破！」

「被追上就要就要壓扁嘍！」

總覺得——

愛歌的表情好像很愉快？

到最後，巨石並沒有殺死愛歌（和我的肉體）。

劍兵蹬踏死路的牆，在抱著愛歌的狀況下漂亮地一舉重整架式，以凝聚強風而無法目視的劍一擊粉碎巨石。連伴隨致命動能飛來的無數碎片，也只用單手揮劍就幾乎全部擊落。

僅剩的碎石，愛歌用單音節魔術就平安掃開。

「我好像是有生以來第一次這麼認真唸咒呢。」若拋開這陰暗空間是能夠折磨任何生命的「迷宮」，愛歌開朗的語氣倒是挺可愛的。

不禁有種心跳加速的感覺。

一會兒後，我鬆了口氣。伴隨對現況的理解。

沒有錯。換作是我，在這樣的狀況肯定早就喊道：「不要！」「我想回家！」可是對愛歌這個少女而言，說不定有截然不同的感想。

這個力量受限的狀態。

摸不清頭緒的環境。

讓愛歌——

「主人，退到我背後！」

通道內的空氣猛一震動。

我恍惚的思考，被劍兵的聲音完全打斷。

接著，我透過受愛歌掌控的眼確認聲音的來源。

愛歌視線彼端，劍兵前方數公尺處的石壁出現異常。通道的牆發出啪嘰啪嘰的剝落聲，改變形狀。能以皮膚感受到魔力的存在，是因為這肉體現在為愛歌所有吧。

石壁變形。

成為應有三公尺以上，幾乎要碰到通道頂部的石像。

幻想種？不。合成獸？不。

這是創造「迷宮」的魔術師所設下的岩石巨像（Stone Golem）。

我對人造的魔術守衛不甚明瞭，記得這是卡巴拉的衍生物。這種人造人偶，與同樣做成人型的人造人又不同，多半是專為戰鬥特化的魔術器物。

我回想起幾個經歷。

對於想在魔術相關遺跡尋寶的探險家而言，是最不想遇到的對手！

那是專為排除入侵者而設的硬性機關，沒有任何感情的殺戮裝置。

反射性地，我意識的碎片緊繃起來。在愛歌所控制的肉體一小部分，我直打哆嗦。好可怕、好可怕。那東西很糟糕。那種東西聽不進任何求饒與哀號，會用它無面的頭看著我，搗碎我的一切！

「放心，這裡有劍兵在嘛。」

是愛歌低語的聲音。

彷彿只能讓我聽見。

一定是錯覺。不論愛歌能否感到我的存在，但無法得知我的意識或想法。因為我的存在微小到非常勉強——

「愛歌，我要摧毀它們。」

只留下一句話。

劍兵的身影——就消失了。

好快，快到我的視覺資訊無法接收她。然而愛歌的視線仍直線投向前方，一絲晃動也沒有。所以她是看得見嗎？

首先是一些聲音，然後是劇烈的風。我是幾秒後才發覺那是向前施放的衝擊波餘波。我才看見，剛出現的石像已經斷成兩截。

縱向斬開。

維持為搥打劍兵而揚起一手的姿勢摔落地面。

好厲害。好厲害！

這就是最佳使役者的身手！

「妳果然是劍兵，好強喔。」

「還沒結束！」

彷彿是回答愛歌的低語，劍兵的身影忽而出現。

幾乎同時，第二、第三具魔像從通道左右石牆變形、出現、啟動。兩具還不夠，三具、四具、五具。短短一次呼吸的時間，數不清的巨像就填滿了前方通道。看這情況，就算劍兵再怎麼強悍，其他魔像也會在她打倒第一隻的同時湧上。

還是暫且離開這條通道比較好——就在我這麼想之前。

「————」

愛歌的唇送出近似旋律的聲響。

提升劍兵肌力與耐力的魔術同時發動。

不僅如此，要大舉湧來的魔像腳踝全被石地所變成的「石之手」抓住，很類似我擅長的絆捧魔術。喔不，無論是魔力還是技術，都不是同一個層次！

「呵呵，這招以石還石不錯吧。」

劍兵背對著這微笑。

像子彈一樣——

不，一定遠比那更快。

向前突襲的劍兵之刃，將整條通道的眾多巨像一口氣盡數斬倒。

不曉得是我適應了這種異常誇張的高速戰鬥，還是適應了愛歌的視線，總之我確實見到了那一連串的攻擊。

如此華美絕甚的劍舞。

我一次也未曾見過。

有時慎重走過陰暗的通道。

有時遭遇用來排除入侵者的陷阱。

有時粉碎怪物。

劍兵與愛歌有驚無險地在「迷宮」中前進。

就只有兩個人，有辦法順利探索下去嗎？我不時這麼想。實際上，她們看起來也不怎麼慣於面對這種狀況。該當作這反而幫了她們嗎？

還是說，單純是新手運呢？

不，這全是素養、才能，抑或是高得不得了的基本性能所致。

順通道前進幾小時後。

兩人發現一間沒有陷阱和怪物的「房間」。

「走了這麼久，不累也難呢。」

「我同意，愛歌。休息也很重要。」

「話說，現在大概是什麼時間呀？晚上還是白天？」

「憑我的感覺，是深夜。」

「這樣啊，謝謝喔，劍兵……我是第一次這樣。」

小聲這麼說之後，愛歌笑了笑。

不曉得劍兵懂不懂她的意思。

至少我懂。

雖然正確來說，我只是想像，算不上真正明白愛歌的想法，不過多半沒錯。如今，愛歌得問劍兵才能知道現在的時間，「平常」的愛歌不可能有這種需要。

她能掌握周圍的一切，了解自己的狀況。

愛歌就是能輕易辦到，甚至是無時無刻地維持。

可是現在不同。

原本不會感到疲勞的她，以這副肉體連續走幾小時就會疲憊不堪。

現在愛歌的腳步的確是變得有點慢，腳踝也可能隱隱作痛。

「抱歉，愛歌。這個房間不太舒服。」

「沒關係啦。照這樣子看來，不管走到哪裡都是石製的吧，沒差的。」

「如果有完整的探險裝備就好了……」

這是我的錯。

我把整套裝備都掉在「迷宮」入口附近了。

要不是我遇上看似魔獸的巨蛇而慌了手腳，現在愛歌就不用坐在裸露的石板或硬梆梆的石椅上，好歹能鋪條毯子躺下。我一點用也沒有。

我歉疚得意識都朦朧了。

「那個，需要休息的不只是我一個吧？」

「這……」

「我知道，畢竟妳是劍兵嘛。如果你和我的劍兵一樣，那麼偶爾也需要休息跟補充營養。」

「……不好意思，愛歌。我應該事先告訴妳的。」

她們在講什麼呀？

我聽不懂。

只好從狀況與畫中內容推測。

在我這麼想時，愛歌開始出現怪異舉動。怪異？不，她做的事本身淺顯易懂，讓人一看就知道她要做那件事——怪異的是她為何要那麼做。

「塑形。」

是單詞的魔術咒語。

施放從空無一物的空間造出物體的投影魔術。

出現在愛歌面前的是一個金屬器具。不是武器，是煮鍋或平底鍋？

「流體。」

接下來，是水元素轉換魔術。

投影出來的鍋中立即積滿了水，然後愛歌造出火焰。

「要在東西消失以前煮好才行呢。」她淘氣一笑後繼續說道：「材料都沒問題。這一路上，我從我們打敗的幻想種和合成獸身上挑了幾個應該可以吃的『部分』帶著。」

「我還以為那是用來當魔術觸媒的呢。」

「呵呵，猜錯嘍。來，祈禱我能做得很好吃吧，劍兵。」

「……愛歌，不好意思。我沒有看出妳想做些什麼。」

「我的劍兵是一個很會吃的人，不曉得妳怎麼樣呢？」

啊，沒錯。

水、火、怪物的肉、美味、烹煮工具。

——愛歌要開始做菜了。

合成獸鰭肉排。

燉合成獸內臟。

殺人兔（暫稱，正式名稱不明的魔獸。）的帶骨烤肉。

以上即是全部菜單。

主材料是兩人這幾個小時下來打倒的生物型怪物。

再加上愛歌在起先照鏡子，看似魔術師的房間所帶來的樹精（Treant）根等魔術觸媒當作蔬菜。因此，燉出來的菜看起來很像燉肉湯，也有加蔬菜。

調味料大致是鹽。岩鹽。

「有鹽巴真是太好了呢♪」

「妳說鹽巴？」

「對，是岩鹽。也是先前那個房間的東西，大概是某種魔術儀式的觸媒吧。還施加了保存魔術。」

我是聽說岩鹽是常見的魔術觸媒啦，可是──

不會吧、不會吧、不會吧！

竟然就這樣直接拿來用在以幻想種和合成獸為材料做成的菜調味！

不曉得會是什麼味道？

希望嘗起來好吃。

平常我什麼都「知道」，現在什麼都不知道。

平常我會對某些不想知道的事情「上鎖」，刻意忽視那些事。
例如菜煮出來會不會好吃。

但我現在沒有「上鎖」。
真奇妙。
我真的不曉得這些菜好不好吃。
這會是亞聖杯的影響嗎？

還是我自己的問題？
因為我為了作夢而打個小盹兒。
那就沒什麼好埋怨的了。
全都是我一時疏忽。

啊啊——
可是，我現在——

我的劍兵。

我的亞瑟・潘德拉岡。

身披蒼藍與白銀，比誰都更強大更尊貴的你。

見不到你，讓我好寂寞，好難過。

眼淚，都在眼眶打轉。

胸口，甚至幾乎迸裂般地。

可是，可是呀。

我有那麼一點點——

ACT-2

Fate/Labyrinth

幻想種──

如字面所示，這名稱指的是生存於幻想與神祕中存活的物種。

魔術師以其性質與神祕多寡，給牠們劃分階級。

魔獸、幻獸、神獸。

都是可怕的超常怪物，說得這麼直接也無所謂吧。

幻想種時常表現出牴觸物理法則的「現象」。例如翅膀小得顯然無法支撐其體重卻能自由飛行、從口鼻噴出焰息、甚至自在地奔馳於水面。某些傳說中的個體，甚至能揮灑相當於熱核反應威力的魔術廢棄物。

那是人們想像出的怪獸、怪物。

如魔、如幻、如神。

只存於古老傳說。

不實存的幻想。

但具有形體的神祕。

長久以來，牠們與自然歷史的世界中認知為動植物的已知生命並沒有特別區隔。人們在詳細記載貓、狗、馬、草木之型態與生態的同時，對於龍、怪物、妖精等幻想，也是當作一門知識記錄下來。

現實與幻想並無區隔。

說不定在過去的年代，那群異形生物就棲息在你我周遭。

至少在我們的社會——

在魔術的世界中有這樣的概念。

是認為幻想種的確曾經存在。

那些渾身超常力量的神祕，並不屬於人世的生命系統樹。這群與傳說無異的生物，威武地存在於從前的世界。現在不過是幾乎消失殆盡，並沒有完全滅絕。

魔術師也經常召喚或使役魔獸程度的幻想種。

也有在未開發地區發現幻想種棲息的案例。

例如人跡未至的嚴酷自然環境。

沒錯，也例如——

這個未曾遭人攻陷的傳說「迷宮」。

現在，這個大廳——

陰暗的「艾爾卡特拉斯第七迷宮」第一層最深處。

四周有層淺水，只能勉強看見地面。到處都有些看不見地面的部分，恐怕都是人為設計的陷坑，以數公尺的水深等待犧牲者。

這個空間的中央——

那傲然現身的生物，又是如何呢？

那四足獸沒有直接踏在地面，而是在水面上優雅闊步。見到嘩啦啦地踏進廳中的劍兵與愛歌後，牠甩亂濕濡的背鬃，從鼻子大聲哼出一口氣。

詭異的藍馬。

任誰第一眼都會這麼想。

正常馬尾會如此酷似魚鰭嗎？

正常馬蹄能踩在水面上嗎？

「那應該是水馬（凱爾派）吧。」

「是馬呀？」

「那是外觀溫馴，實際上很危險的魔獸。據說喜歡吃少女的肉。」

「哇，好可怕喔。」愛歌低聲說。

「主人，妳待在這裡別動，我馬上就收拾牠。」

劍兵雙手握持宛如凝聚氣流的魔力而隱形的劍，向前一步。水面沒有晃動。難道昇華至神祕的高強劍士，步法甚至能讓水不起漣漪？

見到那戰鬥的動作。

馬有所反應，開始嘶鳴。

水之馬。

魔術師見了牠，會歸類為魔獸吧。

別名水馬。

意思與劍兵所用的名字無異，總之就是凱爾特語的「水馬」。這個傳聞中出沒於不列顛島北部的怪獸，外觀與大型馬酷似，但並不是馬。牠是能在水面自由闊步的水妖，會吃人的凶暴幻想。

牠在布滿了水的大廳中自在奔馳，猛速襲來——

還以為我已經習慣了肉眼看不清的高速，這也太快了！

令人發毛。

不過，劍兵並不輸給牠，完全跟上水馬的速度，隱形的劍與濕濡的蹄連番衝突。魔力對撞。光、火花與乙太劇烈迸散。

高速移動，高速戰鬥。僅僅在水面留下一兩道細微漣漪。

然後突如其來的撞擊聲！

大廳中央出現巨大漣漪。

稍過一會兒，我才意會到那是水馬開始全力衝刺而產生的餘波。

嘶鳴聲稍後而至。

水馬的前進方向不偏不倚——正是愛歌所在的廳門！

僅存於愛歌視線一角、肉體一角的我不禁緊張。超乎想像的魔獸，敵意或說食欲，轉向了這裡。光是這樣就使我恐慌，畏懼。

但愛歌與我不同。

存在於我的肉體，卻展露不同於我的表情。

「——」

經過短暫吟誦。

魔術瞬即發動。

劍兵在剎那間正面擋下水馬的衝刺後，愛歌從她背後放射附帶火焰的飛礫攻擊魔術，每顆礫石準確地連連命中出師不利而顯得惱怒的魔獸。

威力或許比霰彈槍更強吧？

一般的生物這樣就死定了。我偷偷在心裡鬆一口氣，然而微小的希望卻滑溜地偏移了。用碎裂或彈開形容都不對，所以我說滑溜地偏移。

「哎呀，沒效嗎？」愛歌眨了眨眼。「看牠完全是水，還以為火會有效呢……」

「牠身上有魔術水膜！可以彈開劍和箭矢！牠是連強悍騎士都能啃食殆盡的強力魔獸！」

劍兵快速地說。

並以隱形的劍架開那頭急促鼻息表示憤怒的水馬，一眼也不回頭看愛歌。那蒼銀鎧甲的背影看起來是那麼地可靠，只要有這樣的劍士站在前方，即使面對龍族幻想也肯定安全無虞。

「水膜啊。」

愛歌喃喃自語。

我還注意到她的嘴角想到好點子般翹起。

「既然是魔術造成的脹流性流體，那這招怎麼樣？」

話說完後，她再次唸咒。

發動魔術。

火焰飛礫再度射向被劍兵擋下的水馬。

還要使用一度被完全彈開的攻擊？不。在我的意識感到咒語內容似乎稍有不同的下一刻，熊熊燃燒的幾個飛礫深深剜入了魔獸滑溜的肌膚。藍色的體液——

詭異的藍色血液當場飛濺，在水面上造成無數漣漪。

痛苦使水馬激烈嘶鳴。

劍兵不會放過這個機會。幾乎同時，或是在那前一瞬，劍兵出擊了。

水馬向後遠遠一躍，是打算後退吧。好頑強的生命力，即使隱形的劍在牠頸子上砍出深深的裂口，也依然持續活動。憤怒的鼻息吹皺了水面。

「做得好，愛歌。」

「呵呵，我只是讓它們稍微轉一下啦。」

劍兵毫不輕忽地舉著劍讚嘆，而愛歌對她的背影柔聲回應。

啊，原來如此。

飛礫這次會管用，是因為多了旋轉吧。

就像槍彈那樣。

非牛頓流體，即脹流性流體可以抵擋慣性動能攻擊——遭遇直線力量衝擊時會自動壓縮，形成抗力。即使是相當於霰彈強度的慣性動能也能彈開，但彈體旋轉時就另當別論了。

換言之，包覆這怪物的魔術水膜性質，很幸運地與一般物理法則相同。

『BRRR……！』

水馬顯然是氣瘋了。

在應該難以行動的廳堂卻依然能跟上牠的蒼銀劍士，以及攻破能反彈攻擊的水膜，眼眸清澈的少女，都讓牠極為憤怒。沒錯，眼眸、愛歌的眼眸。我想那隻怪物對我的肉體視而無見吧。

能看見的，一定只有沙条愛歌的模樣。

魔獸憤怒地衝向愛歌。

隨後——跳躍、變形、飛翔。魔獸捨棄四足獸的形體，旋即變化為有翼的「水鳥(Boobrie)」型態，從空中不偏不倚地直線襲向愛歌。可是為時已晚。太慢了。習慣了高速戰鬥的我，已經可以仔細觀察這種程度的高速攻擊。

突然變身從空中襲擊，是想出其不意？

這種攻擊不會成功。

劍兵已經揮劍。暴風一閃。如劍鞘般包圍隱形劍身的魔力風就此完全解放。事後聽劍兵說，那一招叫做「風王鐵鎚」。

如同字面，破壞力有如風王揮鎚。

將這個食人水魔粉碎得令人想不起牠原來的模樣。

「真可惜，只剩下一點點能吃的部分了。」

愛歌的表情流露出了那麼點遺憾。

往下的石階。

靜靜存在於布滿水的大廳角落。

連我都知道水沒往下流是施了魔術的關係，愛歌和劍兵肯定也是如此。

乍看之下，這是段頗長的階梯。

當它是通往下一層——第二層的階梯應該不會錯。

據劍兵所言，也就是根據亞聖杯對此狀況所帶來的前提知識，這「艾爾卡特拉斯第七迷宮」共有四層，層數愈深，所設置的怪物與陷阱也愈強。

「比這個幻想種更強嗎？」

「不曉得。我想牠應該是看守這階梯的首領吧。」

「這樣啊。」愛歌瞄一眼腳下殘骸說道：「原來你很了不起呀。」

近處，樓梯口旁。

魔獸殘骸倒在蓋著一層水的石地上，能吃的部位都已大致切除。不用說，那就是剛攻克的水馬。這「迷宮」裡，到處都配置了這般生存於傳說中的稀有物種，在現代已難以得見的魔獸。

即使是貼近神祕的魔術師，也難以達成。

就算有超一流的技術也很困難。

換言之，建構「艾爾卡特拉斯第七迷宮」的人物，必定有難以置信的高度魔術修為。我們現在的處境，說是在幻想與神祕的肚子裡也不為過。這寶貴的體驗或許很值得高興，但我實在高興不起來。

只能在遭愛歌佔據的肉體角落發抖。

水馬或許是因為在變成水鳥的途中喪命，同時具有馬和水鳥的特徵。即使看著那奇妙的殘骸，我這個意識的碎片也已經被重重危險麻痺，什麼感覺也沒有。只是覺得就是個殘骸。

愛歌倒是很高興。

因為沒想到可以吃到鳥類的肉。

這句話不得不讓我放下七上八下的心。就算食人魔獸懷抱明確敵意襲來，愛歌也能像愛好烹飪的少女逛購物中心的生鮮超市那樣，一邊微笑著想菜要怎麼煮。

精神力強？

堅定的心理耐力？能夠快速適應狀況的心理架構？

不，都不是。我想不是。

那一定是更柔軟自然的心態。

並不堅硬，不會被外力壓碎。如果聯想到脹流性流體，水膜遭破解而喪命的水馬若地下有知，一定很嘔。

無論如何，不管我再怎麼驚訝，愛歌的舉動和言語都能安撫我破碎的意識。

因此，即使新狀況到來，我也不至於慌亂焦躁。

狀況。人物。

其所帶來的，是一道突如其來的聲音。

「真是不得了。隻身解決凱爾派的，竟然是拿『那把劍』的英靈啊。」

是年輕男子的聲音——

只聞其聲，不見其身。

是用魔術或寶具隱蔽了嗎？

但可以知道的是，對方說話並不是為了從暗處偷襲。即使在對人戰鬥與暗殺方面完全是外行人的我，也知道若真有殺意就不會先出聲，直接就動手了。

愛歌用「那是什麼人？」的眼神看著劍兵。

劍兵已採取備戰架式。

她右手握持解放了魔力之風而顯露全貌的「劍」，銳目凝視聲音來向，左手掩護愛歌。

「還有就是……」

聲音繼續。來自同一處。

果然不是刻意想躲。

「這場聖杯戰爭不是沒有主人之類的嗎？」

「是嗎？」愛歌歪起頭，表示她直接信了聲音所說的話。

「……對，一般的使役者是這樣。」

劍兵頷首答覆。

對於亞聖杯戰爭，她所能判斷的材料就只有自動賦予她的前提資訊。我知道的也很有限，頂多就只是某人在這座「迷宮」裡設置了亞聖杯，亞聖杯戰爭便因此而起。

再說，我潛入這危險至極的「迷宮」是為了——

「妳真老實耶，劍兵。啊，叫妳劍兵無所謂吧？妳手上的傢伙怎麼看都是劍，而且怎麼看都是稀世珍寶。想不到我也有機會一睹它的風采啊。」

我中斷思考。

他現身了。聲音的主人聊天似的說了一長串，顯露全身。

身穿綠如草木的服裝，輕甲。

適合輕戰士之類的稱呼吧。

他態度飄然，但目光銳利。看似沒有明確敵意，然而——

不是普通人類。

也不是魔術師、盜掘者或探險家一類。能在這「迷宮」隻身深入至此的，肯定是超越人智的人物，也就是達到神祕境界的存在，不會有其他可能。

「我是使役者——弓兵。報出名號，對我來說是理所當然的事，不過真名就請恕我暫且保留啦。抱歉啊。」

「哪裡，表明職階就夠了。」

劍兵保持架式回答，劍尖沒有一絲搖晃。

氣氛——

變得緊繃。

明明只是經過幾句對話。

就這樣而已，更甚於對戰魔獸時好幾倍的緊張、殺氣、敵意之類的氣氛，就已經充斥這安靜的大廳每個角落。幾乎整個肉體都交給愛歌真是太好了。如果平時的我在這種狀況下一定只會瑟瑟發抖。淚流滿面還算好的，最糟就是承受不住，什麼也不管地吐個不停。

「你不先射一發箭矢，而是先用聲音和言語招呼我們，應該有你的理由吧，弓兵？」

「是啊。雖然我實在不怎麼喜歡貴族這類人……」

他輕掀綠衣，環抱起雙臂來。

自稱弓之英靈（Archer）的男子稍微聳肩地說道：

「不過妳應該是重視騎士道更甚於禮節的人，所以呢，我想好好利用妳一下。我要表明的不只是職階，還有立場。」

「……你說。」

「我的目的是破壞亞聖杯。」

輕描淡寫的一句話。

那是──

啊啊，那是能說得如此輕鬆的話嗎？

英靈──這些曾經的英雄，都是如此強大嗎？

弓兵的態度和愛歌自然的模樣並不同。

這是假如對方無法接受這句話，不消兩秒就演變成互相廝殺也不足為奇的極限情況。他是明白這點而刻意那麼說的。所以毋庸置疑地，他的精神和心靈都相當強韌。

「留這種假造的簡易版聖杯在世上，肯定不會有好事……的想法我是沒有啦，妳呢？若

妳真是傳說中那個高潔的聖劍之王，應該會這麼想吧？」

「……」

劍兵沉默不語。

愛歌注視著她的側臉。

「所以呢，假如妳也以破壞亞聖杯為目標，可以麻煩妳和我攜手合作嗎？畢竟探索這座『迷宮』實在很麻煩，我可以幫上不少忙喔。」弓兵以拇指比著自己繼續說道：「雖然比不上專業盜賊，但我可是個專業斥侯。搞陷阱之類我拿手得很。」

「考慮考慮吧。」

「下次再見的時候再給我答覆。」

這麼說之後，綠衣弓兵的身影就當場淡去了身影。

多半是寶具效果。目睹如此超常現象，或者說功能，就連沒有偵測感官或能力的我，也覺得他是真的完全消失了。魔術裡也有隱身術的技術，不過像這樣刻意在劍兵和愛歌面前展現身影，堪稱是表示合作之邀並非虛假的決定性行為吧。

即使消除身影，他仍繼續出聲。

「包含你們找到的，這已經是第三道連接一、二層的階梯，剩下的就只有沒有首領級怪物看守的隱藏通道……不過那已經被其他人（使役者）發現了。在第二層可要提高警覺啊。」

看來已經有兩騎英靈開始探索第二層了。
弓兵最後還留下幾句話。
聲音、資訊。
「一騎對上一整群也非常強。」
這是實話，還是謊話？
判斷材料並不多——
「另一騎，在潛入和探索方面比我更厲害。不過他本來就是專家啦。」

——亡命於「艾爾卡特拉斯第七迷宮」的人不計其數。
——這樣的魔窟究竟是為何而造？
就內部構造而言，與阿格里帕的行星魔術陣相對應的說法最為有力。
其他還有眾多假說，而其全貌至今仍不明朗。
魔術協會並未發表官方見解，甚至不曾承認它實際存在。

即使自己派遣的魔術師盡數犧牲也不為所動。

可說是當然的結果吧。
普通魔術師想理解這座「迷宮」，實在是難如登天。

那麼，何種程度的人才能理解呢？
算了，暫不回答這個問題。

單就現階段而言。
這場用上亞聖杯的實驗，會不會是為了對迷宮創造者（Dungeon Master）這個人物的「態度」所做出的某種回應呢？

若是如此，那麼實驗主導者——
想必會毫不猶豫地利用遺留在「迷宮」中的各種貴重物品。
以及設置其中的幻想種、合成獸、自動人偶。
乃至於致命陷阱與結界。

「寶箱？」

「對，在第一層完全沒見過。」

這不是死亡空間嗎？

不是充滿神祕與危險，能輕易粉碎常識的瘋狂「迷宮」嗎？

但這裡確有兩個燦爛的少女。

啊啊，美得甚至教人嘆息。閃閃發亮——

愛歌與劍兵正在彷彿鑲滿無數寶石，璀璨炫目的地方對話。剛打倒的水晶巨像（Crystal Golem）碎片散落一地，仍散發些微的魔力殘光，閃閃發亮。無數結晶體，無數的閃光。

原本了無生機的第二層一角，暫時變得……該怎麼說呢。

就像童話故事裡的夢幻園地。

「還有那種東西啊，第二層（這裡）會有嗎？」

愛歌歪頭問。

她端莊地坐在倒地的魔像頭部，抬頭看著劍兵。

「很有可能。」

劍兵點了頭。

她站在主人愛歌身旁——

啃一口三明治類的食物補充營養。

當然，那是愛歌親手做的。看起來像三明治的食物，是用樹精根切片當小圓麵包，夾著烤過的薄切水鳥腿肉和大型食人植物的葉片（類似萵苣）和果實（類似番茄）。味道還不錯。愛歌試吃一口時，我也藉由同步味覺體驗過了。根部切片的口感有點像日本的年糕……

「對我們以外的使役者來說，寶箱是攸關生死吧。」

「這跟他們沒有主人有關嗎？」

「對。」

劍兵點點頭，再咬一口。

仔細咀嚼後吞下去，輕聲繼續說：

「原本的聖杯戰爭裡，當英靈受召喚而現界為使役者時，主人會擔任『拱心石』的功能，將使役者維繫在現世。這次，亞聖杯雖然也有相同功能……」

「維持現界所需消耗的魔力，都是由亞聖杯來支出嗎？」

「不是的，主人。問題就在這裡。」

劍兵開始解釋。

召喚出使役者的魔術師（主人），會透過魔力管道將自己的生命力／魔力灌輸給英靈。對於身懷強大魔力的英靈而言，人類魔術師能提供的魔力所佔比率實在太低，然而少了這一點，英靈也絕對無法正常運作。

更進一步地說，似乎連維持現界都有問題。

若沒有魔術師供給魔力，英靈只有消滅一途。

「可是，弓兵看起來不像快消失的樣子耶。」

「可能是有適時補充魔力吧。利用『迷宮』到處遊蕩的幻想種和合成獸，或是——藏在寶箱裡的禮裝之類。這一點，就是這場亞聖杯戰爭裡使役者的特性。」

「哼～」

愛歌在魔像頭上甩甩腳。

聲音和表情中疑問的色調逐漸消退。

「真辛苦呢。沒有主人就要自己打怪開寶箱，補充愈來愈少的魔力來維持在現界，不然就會消失。」

「實在是致命的弱點。」

「不過只有妳不一樣吧，劍兵？」

「正是。」

劍兵點點頭，咬下最後一口。

視線指向璀璨園地中愛歌的眼眸。

即使不說出口，我也懂。

那是因為她(劍兵)是例外，有愛歌——這麼一個正式的主人。

不折不扣，實際擁有三劃令咒的主人。

而且其中似乎還有某些特殊緣故，關係到各種大小問題吧。總而言之，劍兵在魔力補給方面較其他三騎有無可挑剔的優勢。只要有愛歌在，蒼銀劍士就能不停奮戰。

然而，這真的算是完全的優勢嗎？

先來整理目前的資訊。

我想想——若按使役者來區分，大致如下：

劍兵

無法靈體化——或許因為如此，成為擁有主人的特例。

對亞聖杯的立場是「破壞亞聖杯」。

【特性】強韌、續戰能力高、有強大絕招、可以靠直覺避開陷阱。

【弱點】有主人。

弓兵

由亞聖杯自動召喚，沒有主人。
對亞聖杯的立場是「破壞亞聖杯」。
【特性】盜賊、斥候類型的戰法＋遠程攻擊。
【弱點】？、有魔力補給的疑慮。

？？？（第三騎使役者）

由亞聖杯自動召喚，沒有主人。
對亞聖杯的立場不明。
【特性】善於對抗群體目標。
【弱點】？、有魔力補給的疑慮。

？？？（第四騎使役者）

由亞聖杯自動召喚，沒有主人。

對亞聖杯的立場不明。
【特性】善於潛入與探索設施。
【弱點】？、有魔力補給的疑慮。

乍看之下，劍兵沒有顯著的弱點。
但我很清楚她們倆在「迷宮」是如何行進——劍兵總是走在前頭掩護愛歌，以阻擋眾多怪物、陷阱等任何危險。事實上，愛歌白皙的肌膚確實是不曾損傷。
然而。
特別在探索這方面，我敢斷言。
身邊帶一個非保護不可的人，是一項劣勢。
「雖然妳在補給魔力上比其他使役者容易，可是需要保護我就不適合打混戰了……對上使役者會很不利吧。」
「是的，愛歌。」
啊啊，她們都懂。
在我思考之前，她們就已經有結論了吧。
尤其是劍兵。因為她在說出資訊之前，就已經隨時戒備其他英靈的出現，保護著愛歌。

從見面就全力以赴。面對使役者的存在與「迷宮」的危險，她沒有表示過任何不安或懸念。

「愛歌，我真的非常抱歉。這些事我應該一開始就說清楚。」

「沒關係，不用道歉。這和我所知的聖杯戰爭規則不一樣，而且剛見到妳的時候也嚇了一跳。」愛歌笑著說道：「要是妳一次全告訴我，我也聽不懂妳在說什麼吧。」

那是善意的謊言？

還是發自內心？

我無從辨別。

沙条愛歌掌控了我的肉體，捲入這場發生於「迷宮」的亞聖杯戰爭，從而失去全能的力量，的確可能會一時失措。同時，也可能坦然接受。

「……謝謝妳，主人。」

「我才該謝謝妳保護我這麼多次呢，劍兵。」

雙方視線交錯。

平淡，溫和。

看起來不存在任何欺瞞、疑念或爭執的發端。

我因為常作買賣，經歷過很多雙方交換條件卻有所隱瞞或者真相大白時，那種特有的難受氣氛，所以對這方面很敏感。而這兩人之間，一點也沒有那類的感覺。

純真的少女，廉潔的騎士。

毫無虛假的兩人。

甚至令人害怕。

兩名閃亮少女在幻想破碎所產生的無數光輝中對話。

感覺很不現實，很夢幻。

有如神話，有如傳說。

又簡直像是誤闖了童話中的一幕——

——在獲選進行某種實驗的「艾爾卡特拉斯第七迷宮」中。

——有一個特殊的裝置。

指的不是致命陷阱或結界這類。

基本概念與那些用來排除盜掘者或探險家的東西不同。
再說，原本的「迷宮」裡根本就沒有亞聖杯。
換言之，有個並非艾爾卡特拉斯的人物在這裡設置了亞聖杯。
同時重新設計現在這「迷宮」，並為此添加了其他東西。

受自動召喚而來的四騎使役者。
四騎的英靈。

為使四騎沒有主人的英靈持續現界，「迷宮」變質了。
也能說，被強制改變了。
「迷宮」中各種魔術物質，多半會成為四騎英靈的補給品。
使役者打倒怪物或獲得禮裝後，就會半自動地從中吸收魔力。
這種時候，四騎英靈就不需要進行攝吸靈魂之類的行為。

這是可能是使用了行星魔術陣的儀式魔術之結果——
但目前材料不足以步入假設推論的階段。

必須盡快取得更多資訊才行。

大約經過一天多的時間。

來到「迷宮」第二層後，探索進度變得相當緩慢。

或許是新手運本來就不會長久吧。

沿路上的怪物、門、寶箱。

兩人無法盡數攻破。

擊敗的怪物、打開過的門扉或探索過的寶箱大約只有八成左右。若要打倒堆滿整條通道的灰色不規則狀生物（Gray Jelly），需要威力相當大的火焰魔術。愛歌認為自己現在的魔力量沒有用來消滅它的餘裕，必須作罷。同樣地，以蠻力或魔術開啟緊閉的門和寶箱也需要消耗魔力，再考慮劍兵在到陷阱啟動時也需要消耗生命力／魔力，只好擱置。

進入第二層後的第一個夜晚。

兩人為了休息進入的陰暗房間，愛歌喃喃自語著以魔術提供照明。那不是說給劍兵聽的明確言詞，當然也不是說給殘留在愛歌一角的我聽。

她就只是淡淡地這麼說道：

「如果有專門技術的人就能順利多了。」

那是對現況的坦率感想。

冷靜的評語。

兩人尚未發現通往第三層的階梯。

假如發現了像第一層那樣首領級怪物的房間，儘管地形寬敞，卻擠滿了數不清的敏捷型怪物，她們將難以應付。戰鬥中還得分神保護愛歌，實在太過不利。

這讓我有點懊惱。

如果我的意識能和愛歌溝通就好了。

這麼一來，探索效率或許就能提高一點。儘管我不敢說自己能力一流，但好歹也是個專家。若再加上一路以來扮演強力牆堵的劍兵，和能使用各種魔術的愛歌，說不定我們也能平安抵達這可怕「迷宮」的最底層。

算了算了。

做不到的事，再想也沒用。

我現在只能單方面感受愛歌的舉動——見到什麼、說了什麼、做了什麼。現在也只能感受著愛歌躺在陰暗房間的堅硬地面上，等她下一句話。

愛歌有些念頭。

愛歌有個感想。

最後——

「劍兵，我想到一件好玩的事。」

六小時後——

我見到了不敢置信的畫面。

一觸即發。

不行了。

饒了我吧，我實在受不了這種氣氛。

即使這副肉體現在不受我掌控，整個身體都讓給愛歌了，應只剩下一點點意識的我仍按捺不住哭叫的衝動。

可是我不能哭、不能叫。

也無法嘔吐。

是殺氣、敵意。如此非比尋常的緊張氣氛充斥在這空間、這時間，讓我渾身發抖。此刻，我正借用愛歌身體的一部分，透過雙眼與雙耳感知周圍狀況。

感覺上，這緊張氣氛已經超過這房間的容許量，說不定再用個黑魔術做引子就會立刻造成某種效果。

而沙条愛歌卻是爽朗地微笑。

和想哭的我相反。

更難以置信的是，她和劍兵離得很遠。

即使那名使役者——多半是術之英靈（Caster），才剛投射具優異性、群體壓制力的攻擊魔術，迅速殲滅相當於第二層首領的食人昆蟲群（Incect Shool）——一種規模高達數千的微小群聚怪物，穿著連身裙就來挑戰「迷宮」的這個少女仍對她微笑。

「妳好哇。」她說。

還做起自我介紹。

愛歌誠實地對術士說出自己的姓名。

甚至右手按著胸口，左手可愛地拎起裙襬行禮。

「哎呀，真可愛。這『迷宮』裡唯一的主人找我做什麼呀？」

「術士的火力好強喔，看得我好驚訝。」

愛歌回答時，微笑始終掛在臉上。

她惹人憐愛的聲音，在酷似第一層首領房，只差地上沒有水的大廳堂響起。若不是臉上映著詭異的陰影，說不定我會以為是童話裡的公主正在和術士對話。

術士，以魔術見長的英靈。

看起來是個妙齡女子。

儘管在鬆垮的兜帽掩蓋下看不清長相，那嘴角浮現的表情仍顯示她是氣定神閒地回愛歌的話。啊啊，至少我的意識不會在下一刻就突然連同愛歌的身體一起粉碎。喔不，都不要粉碎最好。我不停懇求、祈禱。

「那是神代的魔術吧。我是第一次看見呢。」

「是啊，妳說對了。我的魔術是女神赫卡忒傳授的，和你們用的東西不一樣。」

雙方每一字、每一句。

都是和和氣氣。

「我好想再多看一點妳的魔術喔。」

「謝謝妳的賞識，愛歌。妳是個直率又勇敢的女孩。可是，我現在沒時間給妳上魔術課，知道嗎？」

「真可惜。」愛歌打從心底遺憾地說。

「那位劍士(劍兵)打從見到我，表情就好凶狠喔……妳是打算和我打一場嗎？這樣的話，我是能讓妳看看妳想要的東西。」

「不是的，術士。我並不想與妳為敵。」

這麼說著——

啊啊，愛歌又向前一步。

連我都感覺得到，待在背後幾公尺處的劍兵抽了一口氣。

我的意識無法喊救命，只能為之動搖。愛歌依然保持微笑，溫柔地、愉快地、開朗地，有如少女在花園與人對話那般，稍歪著頭自然地靠近，繼續說下去。

張開柔唇，聲音從喉嚨順舌而出。

「妳的火力實在很厲害，說妳善於對付集團真的沒有錯呢，竟然能瞬間消滅這麼大的『群體』。與其找出下指令的核心，還不如妳這樣來得快。可是——」

「——那樣子消耗魔力，不要緊嗎？」

愛歌微笑著說。

術士冷靜的嘴角沒有變化。

不過。

不過。

不管怎麼看，一觸即發的感覺又更強烈了——！

「穿連身裙的小姐，妳到底想做什麼呢？

這樣子挑釁魔女，搞不好會被她一口吞了喔。」

在能夠窺視第二層大廳的通道一角。

弓兵暗中觀察著。

觀察愛歌與術士充滿緊張與戰慄的對話。

「……有意思。」

第二層大廳某暗處。

刺客淺淺一笑。

等待著只有神知道結果的命運之骰擲出的瞬間。

ACT-3

Fate/Labyrinth

——若只是一騎英靈（使役者），已經倒下了吧。

陰暗的「迷宮」第三層。

彷彿深無邊際，高不見頂的迴廊地帶。

怪物一批又一批地聚集於此。鼓起異常發達肌肉、陣陣低吼的合成獸（奇美拉）；質量高得嚇人的活動巨像（魔像）；揮舞多隻尖腳，形似蜘蛛的自動人偶。這些怪物蜂擁而來的模樣，簡直像是所經之處只會留下死亡的軍團（Legion）。

事實上，若只有我一個肯定早就死了。

若是隻身挑戰的英靈也是一樣下場吧。

弓之英靈（Archer）射出的箭雖能從遠處殺敵，卻無法同時撂倒數十隻。

影之英靈（Assassin）所用的右手雖能一擊格殺合成獸，對人偶卻不管用。

術之英靈（Caster）施展的魔術雖有驚人壓制力，卻不是無窮無盡。

就連劍之英靈（Saber）——面對這麼多對手便無暇保護主人。

不過。

不過，倘若每騎英靈能夠有條不紊地合作，結果會是如何？

「果然是這樣！我就知道你們能配合得很好！」

無數交擊聲中，能聽見沙条愛歌的聲音。

無數戰鬥中，啊啊，妳甚至面帶微笑。

——首先，弓兵與刺客在怪物群中飛舞。

有時接連放射無數箭矢，釘死敏捷猛獸的動作。

有時以必殺之右手觸碰猛獸厚實的胸口，握碎倒映於鏡像的心臟。

兩騎的身影如戰鬥般舞動，如舞動般戰鬥。

看，每次呼吸，都有一團團的怪物遭到擊破。他們能以寶具或斷絕氣息技能維持潛行狀態，我也很難辨識他們的形影。但這瞬間，隨愛歌視線將意識投注於雙眼的我，仍能在呼吸與呼吸的間隙中，瞥見他們相背對著，瞪視大批合成獸的模樣。

眼見兩騎突然出現，猛獸們發出警戒的嘶吼。

是我就嚇呆了。

但他們不以為意，因為他們很清楚控制場面是他們自己，不是猛獸。應該是這樣吧。

「那麼，接下來該怎麼做呢？這位大哥你怎麼說？」弓兵一派輕鬆地說。

「……」伸展長長黑色右手的白面具男沒有即刻回話。

「怎麼，不理我啊。」

「我的右手是用來處決罪人，稍微多費點功夫也能處決異形怪物。」

「知道啦。你特別解開寶具，我也已經謝過好多次了嘛。」

「不。我要說的是，我的右手用在這些猛獸上也能輕易奏效。」

「啥？」弓兵毫不驚訝地聳肩。「所以這些合成獸都是用人做成的嗎？寇巴克・艾爾卡特拉斯不是品味這麼差的魔術師吧。」

「無從知曉。」

「也對。」

弓兵輕笑著架箭上弓。

他說自己不善於正面衝突，看起來並非謊言。

兩騎再度起舞。他們絢麗的死亡之舞，宰殺一隻隻擁有獅子身軀但厚實兩倍，且具有蠍尾的怪獸，甚至讓我忘卻聽見合成獸恐怕是以人類為基底製成所帶來的恐懼與慌亂。

——接下來，術士與愛歌將大舉進軍的巨像全部摧毀。

沒有心臟的眾多巨像如牆堵般逼來，箭矢與右手的必殺組合也難以對付，刺客迅如槍彈的飛刀也無法一擊撂倒。它們是打算用巨大質量蹂躪、壓垮我們吧。

而那全被神代魔術與天賦異稟的魔術阻擋了。

術士摟著愛歌纖細的腰浮游於半空之中，在周圍張設許多大型魔術陣，啟動方式與我所知的咒語完全不同，那毀滅性的大魔術化為魔力光，就這麼一口氣粉碎了巨像群。

那威力讓我驚訝嗎？

不。理性告訴我，大魔術本來就該有這樣的破壞規模。

真正讓我震愕的，是她短時間內同時連續放射威力如此巨大的魔術。簡單說來，就是連續的同時掃射。怎麼可能。傳說中的「複製人大軍」就算了，很難想像單一魔術師能使用這樣的絕技。

這就是術士這傳奇魔術師所用的神代魔術。

好驚人。我的意識啞口無言。

沒有昏厥，是因為我處在足以冷靜的狀況吧。

「術士呀，左邊還剩一點點喔。」

「對呀，愛歌。我想那一點點交給男人處理就好，會太過分嗎？」

愛歌與術士兩名女性閒聊般的對話，或許也在維繫我的理性上有所助益。

啊，真的。右邊又出現一團巨像。

可能是因為視點位在高處，迴廊整體狀況比地面清楚多了。

我——並不是第一次飛上天空。

靠的不是魔術，就只是飛機或滑翔翼之類。我沒學過騎掃帚飛行的魔術。

但是不一樣。完全不一樣。人類說自己已經取得征服天空的方法，完全是胡扯。

原來在空中飄浮飛舞是這種感覺啊——

我的——不，現在屬於愛歌的這副肉體，可能是因為術士施過減重類的魔術，全身像羽毛一樣輕，她細瘦的手臂都能牢牢抱住。

「話說，大家都好厲害喔。」

愛歌的聲音。

聽起來很興奮、很愉快、很優雅。

張設幾面魔術陣等待時機之餘，那年少佳麗以同樣音調說：

「我們原本在數量上是很有意思的劣勢，可是妳看，現在逐漸變成有趣的優勢了呢！」

——最後。人造的殺戮人偶消滅在劍兵的劍路之下。

大批自動人偶縱橫無阻地爬過牆壁與廊頂，以常人實在難以知覺的立體路線迅捷襲來，迅速斬下入侵者的腦袋。由八支極端細長的尖銳金屬刃器所組成的腳，以及薄得誇張的板狀軀體，外觀令人聯想到蜘蛛。而它們的所有尖刃，全在刹那間、霎時間——

被光輝斬斷。

一隻隻各個擊破？

不對不對，不是那樣。

僅僅揮動一次，就痛快地斬斷好幾隻

那力量是來自她揮灑風之魔力的「劍」。

在迴廊中也是特別顯眼，特別美麗。

意念、祈願——

那黃金劍刃劃出著這類崇高思想的光輝，剿滅蜘蛛。

「喝！」

強勁的呼喊，同時一劍兩斷。

劍兵一句話也不說。

像個戰鬥機器，只是不停地揮劍。

頂多就是呼個氣，不需要言語。瘋狂咆哮的合成獸有弓兵和刺客攔阻，進軍的巨像有術士掃蕩，那麼她也只需要做好自己的工作吧。

劍兵的想法的確沒錯。

因為在這裡的四騎，已經是合作無間。

望著劍軌在空間中留下的淡淡美麗光弧，感受著蜘蛛人偶具金屬質感又帶點輕裝甲的碎片所反射的光輝之餘，我以身處空中的愛歌雙眼重新審視——然後這麼想。

這四騎英靈，已經沒有一個是我們的敵人。

這世界有他們無法攻克的東西嗎？

不，並沒有。

無關有無神祕成分。就連人類文明創造的武力，哪怕是一批戰車營隊、戰鬥機或戰艦襲來，他們一定也能像這樣全部消滅。

我所認定為絕對或造成死亡的東西，他們也能悉數破壞。

不是一騎英靈。

那是英雄們所構成的最強大「團隊」。

——在多種怪物肆虐的「艾爾卡特拉斯第七迷宮」裡。

——某種棲息其中的的合成獸，有值得特別介紹的事項。

從古至今，有許多人挑戰過這座「迷宮」。

有的是所謂盜掘者與探險家的人類，而後者可能擁有某種程度的魔術知識。因此，這事項是後者中的少數倖存者所遺留的——隨後就撒手人寰。

紀錄中指出，本應中了陷阱而喪命的同伴居然在一段時間後出現在他們面前，且襲擊倖存者。其模樣，已不能稱為人類。

有獅子般的身軀，蠍子般的尾。

其姿態令人聯想到希臘傳說中的魔獸奇美拉。

也就是魔術協會「動物學科」中主要研究的合成獸。

那座「迷宮」中，很可能具有能使人類變質的魔術機構。

將人類變成怪物。

具體手段不明，據推測，多半與其疑似對應行星魔術陣的內部構造有關。這究竟是原迷

宮創造者艾爾卡特拉斯氏刻意為之，還是現在的實驗主導者重新設計的結果？

「艾爾卡特拉斯第七迷宮」的相關傳說資料中，從來不曾提及會將人變成怪物的詛咒或機關。

因此，或許不該認為是艾爾卡特拉斯氏所為。

雖然真相現階段仍不明朗，這依然是可供推論的寶貴材料。

但有一件事可以確定。

對這座「迷宮」而言——

人類入侵者不過是一種合成材料。

在所有怪物都已滅絕的「迷宮」第三層迴廊中，愛歌在術士的攙扶下輕飄飄地著地。

在她肉體一隅的我，能更強烈的感受的四騎英靈的存在。短短幾小時前，可以託付身心的人只有劍兵一騎，但現在不同了。

弓兵、刺客、術士。

這三騎也無疑成了愛歌的夥伴。

至少現在是。

「哎呀哎呀？還以為那是活生生的魔獸，結果是合成獸啊？」

「就是啊。」「嗯。」

聽了少女的話，弓兵與暗殺者紛紛頷首。

「而且還居然是強行改變人的形體而弄出來的合成獸呢？」

「就是啊。」「嗯。」

兩騎再頷首。

「那麼……真可惜，不能拿來做菜了。」

我能感到愛歌垂下肩膀。

看來她是真的很遺憾。回頭想想，在迴廊戰遭遇的怪物中的確只有合成獸看起來有能吃的部位。石像和金屬製的蜘蛛人偶，實在是吃不得。

「如果拿那些東西來煮，好像變成在吃人，感覺怪怪的。我不想讓劍兵吃那種東西。」

「愛歌，別難過。」

身披蒼銀的劍士點點頭。

目光變得凝重，應該不是因為失去獲得食物的機會吧。

「經過這些戰鬥，我對這座『迷宮』感到的危險性愈來愈強。說不定，它比亞聖杯更不應該存在於這世上。」

「打從代達洛斯的時代開始，人造的迷宮就一直是很危險的東西喔，可愛的劍士小姐。」

神代魔術師小聲加入對話。

啊，她對這類迷宮的認識或許比其他人高得多了。

「……術士，這點我的確不能否認。」

劍士側眼答道。

這時，我忽然有個不合時宜的感想。

四騎與一人。擁有強大力量的英靈，與肯定是天才的少女魔術師。

他們自然而然地說自己的話，浮現出自己的表情。

這樣的對話實在太自然，讓我看得出現錯覺，以為他們都是從許久之前和我攻略這座「迷宮」的同志。甚至還妄想著在收工之後，和他們在酒吧一手端著酒杯談論怎麼分配戰利品。

讓我差點就忘了。

當時的緊張，與死亡比鄰的感覺。

……忘了？

不。不是，不可能。怎麼樣都是ＮＯ！

那種事我想忘也忘不了，我一輩子也不會忘。

即使是只剩下一小部分意識的我，也能夠喚起記憶。

事情就發生在不久之前。術士才剛消滅第二層大廳的首領及怪物，而愛歌用非常柔和的聲音對她說道：

「那樣子消耗魔力，不要緊嗎？」

愛歌使用原本屬於我的肉體所說的話，足以讓我昏倒三四次。相對地——

她卻是面帶真確的微笑，毫不畏縮恐懼。

那句話明明能視為挑釁啊。

連擊大魔術殲滅數千隻殺人昆蟲的術士應是的確消耗了大量魔力，愛歌只是明白地說出事實。但那也等於在暗示劍兵可以迅速斬殺魔力所剩不多的她。

術士沒有立刻答覆，只是對愛歌微笑，不知心中作何感想。

我拚命想閉上閉不上的眼瞼，可是愛歌連眨也不眨，只是看著術士的豔麗朱唇以及美麗的下半臉。

可以感到在背後保護愛歌遭遇不測的劍兵是多麼緊張。

一觸即發——

簡直是九死一生的致命狀況。

要是術士發火就完蛋了。

不禁想像，雙方一旦開打，即使最後會是劍兵斬殺術士而留存，但愛歌和我也已經完全消失了。

於是我拚命祈禱。向神以外的某種東西。

我不禁怨恨已經不再習慣上教堂做禮拜的自己。

接著，命運之骰殘酷地擲出——

「那位少女所言甚是。」

——也許是單槍匹馬令人不安吧。

一張白色骷髏面具浮現於暗處，跟著那麼說。

假如我仍是個虔誠的信徒，見到那詭異的面具也無疑會認為天使降臨了。

當然，他才不是什麼天使。

那是最擅長隱匿與暗殺的職階，現界為刺客的英靈。

守住我和愛歌性命的，無非就是他那句話。

「……也對。」

幾秒後，術士稍稍頷首。

「可以當作妳沒有敵意吧，勇敢的小姑娘。」

接著她輕聲答覆。那是沉著冷靜，以理性對話為前提而說的話。

「先提議合作的人是我耶。」緊接著，弓兵這麼說著現身。

就這樣，我們——

喔不，愛歌一人與四騎英靈全面同意「暫時合作」，以自身專長互補缺點，一同攻略這座「迷宮」，向第四層最深處邁進。

契機無疑就是愛歌那句話。

而且我覺得天使——更正，刺客後來的發言也功不可沒。

顯然地，即使認同暫時合作，這四騎英靈本質上還是為了互鬥而聚集。在探索「迷宮」的過程中，勢必得時時思考能出多少牌，可以對合作這兩個字妥協到什麼地步。這麼一來，優秀的搭配是可遇不可求。

彼此不搭配，能抵達「迷宮」最深處嗎？

這是我的懸念，也是多慮。這全被白色面具底下的低沉嗓音粉碎了。

他做了什麼？

不過是英靈會受人奉為英雄的行為。沒錯，刺客又以「理所當然」的口吻、語調開示自身寶具給其他三騎英靈。

就算他不是天使，也一定是非常有名的英靈。

「即使我身懷之各種絕技……在此迷宮用處再大，不懼我必殺奇蹟之徒畢竟太多。有鑑於此，我十分樂意接受這合作之邀。」

想不到會有這種事。

但那是鐵錚錚的事實。

雖只是一小部分，但他還是主動公開了自己寶具的缺陷！

我曾聽說疑似亞聖杯原型來自冬木聖杯經過某種調整，使其所召喚的英靈有所謂「反英雄」的邪惡之輩，可是我絕不認為刺客會是那種英靈。

實際上，他所揮舞的寶具——長長的異形黑色手臂，能經由觸摸複製敵人的心臟並破壞，以近似共感魔術的效果抹殺敵人——而他說得一點也沒錯。

「……這真是不得了，也有說話這麼誠實的刺客啊。」

「當然，可別以為我已透露我所有底細。」

「哈，這倒是。」

他們不是打成一片，也沒有互相依賴。

弓兵與刺客的對話，仍保持以死與戰鬥為前提的獨特緊張感。

儘管如此，主動透露不少資訊的刺客所做的判斷的確影響了其他三騎，這並非錯覺。又說不定，是他們各自進入「迷宮」第二層的過程迫使他們體認到自己的能力，乃至於寶具。

只要情況允許，我寧願相信是前者。

真希望那位刺客是個心靈高潔的人。

若比較四騎英靈目前的資訊，暴露寶具的也只有他而已。

劍兵

知道亞聖杯無法實現己願——所以立場是「破壞亞聖杯」。

【特性】強韌、續戰能力高、有強大絕招、可以靠直覺避開陷阱。

【弱點】有主人。

【寶具】風王結界、聖劍（能力不明）。

弓兵

本次亞聖杯戰爭的使役者之一。
由亞聖杯自動召喚，沒有主人。
對亞聖杯的立場是「破壞亞聖杯」。
【特性】盜賊、斥候類型的戰法＋遠程攻擊＋破壞工作。
【弱點】有魔力補給的疑慮，不擅近距離面對多數敵人。
【寶具】隱身？（真名不詳）

術士
本次亞聖杯戰爭的使役者之一，沒有主人。
對亞聖杯的立場是「取得亞聖杯」。
【特性】擁有多采多姿的強力魔術，善於對抗群體目標。
【弱點】有魔力補給的疑慮＝缺乏續戰能力。
【寶具】？？？

刺客
本次亞聖杯戰爭的使役者之一，沒有主人。

對亞聖杯的立場是「取得亞聖杯」。

【特性】善於潛入與探索＋能對人類型敵人一擊必殺（寶具）。

【弱點】有魔力補給的疑慮，不擅對付沒有心臟的敵人。

【寶具】妄想心音。

先把刺客的高潔放一邊，我重新檢視四騎英靈的現況，就是這麼回事吧。即使我對聖杯戰爭和英靈的所知根本外行，但也能馬上明白他們合作對探索「迷宮」是大大地有利。

劍兵獲得其他三騎的幫助，能使愛歌的生存率大幅提昇。

弓兵與刺客遭不擅長的怪物阻擋去路的次數劇減。

術士能以同伴補足續戰力的缺陷。

若以探索與攻陷「迷宮」為第一優先，合作的確是最佳手段，愛歌也成功把握了機會。

換作是我，精神和靈魂多半早就在與術士對話時就崩潰得一塌糊塗，而這個恣意使用我肉體的少女卻一點也不猶豫。

不僅如此，在合作談妥之後，她心情一直都很愉快。

攻破第三層大迴廊這應是首屈一指的難關後，她也不改其色。

「我是第一次和四騎英靈和平相處呢。」

說得像打從心裡高興一樣。

嬌柔大方，展露花一般的笑容。

「妳這樣說的感覺，好像是曾經跟少於四騎的英靈和平相處過呢。小姐妳該不會是哪次亞聖杯戰爭的贏家吧？」

「呵呵，你猜猜。」愛歌稍歪著頭回答弓兵。

「無論如何，這少女真是了得。居然毫不設防地來到術士面前。」

「因為術士很漂亮嘛。」愛歌數度搖頭回答面具男。

「愛歌妳嘴巴真甜。可是別忘嘍，我們對亞聖杯的目的各自不同，最後還是要敵對，別掉以輕心喔。」

「對呀，說得沒錯。」愛歌點頭回答魔女。

「……總之主人，妳平安最重要。」

對於終於收起聖劍的劍兵——

「謝謝喔，劍兵。」

愛歌給予一個淡淡的微笑。

啊啊，好厲害。

如果是我，光是考慮怎麼回答使役者就要各花上一小時，妳卻答得毫不猶豫。我也該認清事實，說出我的想法了。

愛歌。沙条愛歌。

妳面對怪物或英雄都始終保持微笑。

在妳這個少女的世界，一定沒有任何事物使妳畏懼吧——

第二層最深處的邂逅後整整一天。

迴廊戰後約半天。

愛歌與四騎英靈一行，確實地往攻破「迷宮」第三層邁進。

不僅是怪物的數量和強度，還出現魔術陷阱或魔術謎題所構成的超高難度通道，寶箱陷阱和寶箱中的詛咒道具等……攻略難度明顯比第一、二層高了幾級。在如此狀況中，刺客和弓兵先一步偵測並解除陷阱，而劍兵紮實保護殿後的術士與愛歌，需要戰鬥就像先前那樣擺出陣形，依怪物性質適宜處置。

截至目前，第三層應該已經攻略、探尋一半了。

明天必定能到達首領級怪物所等待的大廳。

就在處於愛歌一角的我這麼想時——

「那是什麼呀？」

愛歌第一個出聲。

不用說，首先察覺的不是刺客就是弓兵。據愛歌說有直覺技能的劍兵，也可能早已察覺，只是沒有明確認知。

說出有水蒸氣的，是術士。

因為能以魔術偵測火焰或水的存在。

感覺與身體剝離的我，也終於發現愛歌視線彼端，從石砌「迷宮」通道深處飄來的是溫熱的水氣，所以——

「這是熱水的霧氣？」

「也可能是毒氣啊，愛歌。」

劍兵並不掉以輕心，一手掩著口鼻擋在她面前。

「不，這不是毒。」弓兵搖搖手。

「哦？弓兵，你對毒物也有研究？」刺客的面具轉向弓兵說著。

「哈哈哈，還好啦。話說刺客大哥，你這職階才是專門用毒的吧？」

「是有人專於此道，可惜我只是一般水準。」

「什麼水準才叫一般，讓人好好奇啊……」

「怎樣都好啦。倒是兩位先生，可以先去查查那是什麼嗎？」

「好好好。」「即刻去辦。」

兩騎男性英靈乾脆地聽從沉穩且不由分說的術士。

偵查完畢後，兩人帶回來的消息竟令人不禁那到底是懷疑「迷宮」創造者的善意、惡意、玩心還是挑釁。說不定那和他精心設置的種種寶箱一樣，是某種服務精神的體現。

該空間中，是與迴廊和大廳一樣的古西洋風裝潢。

還有波波蕩漾的，大量的水。

熱烘烘的，應該說是熱水吧。

沾濕皮膚、頭髮、衣服的水氣，就是由此而來。

也就是——

「溫泉？真的嗎？」

愛歌可愛地歪頭問。

「對呀，像大浴場一樣。」

「聽說羅馬帝國的浴場就是這種樣式呢。」

劍兵點頭回應懷想起從前的術士。

刺客接著開口。

「宛如置身於山上寶殿（天堂）呢。」並掬起一把水。「原來如此，看來水裡摻了點魔力，可謂是魔力泉吧。」

「不管怎麼說都很棒。沒有怪物的蹤跡，就在這補充魔力吧。」

弓兵環視眾人如此提議。

就在這一刻，出現了奇妙的空白。

這段誰也沒答話的時間僅有兩秒，卻是感覺非常長的兩秒。

鑑於過去的對話脈絡，接下來誰會先開口，大家都心裡有數。喔不，是我這麼想。非常肯定。見到那櫻脣輕輕張開，啊啊，我更是確定事情已經談妥了。

「呵呵，不錯喔。」

當然，說話的是愛歌。

「只是擦擦汗實在不夠呢，我剛好也想要！」

「那就說定嘍。」

「請、請等一下，務必冷靜。各位是真的想在這『迷宮』中赤身裸體嗎……」

儘管劍兵有些許異議。

但眾意如此，她也無力扭轉。

——劍兵，男女不同邊喔。妳看還有用石頭隔開。

——可是愛歌，要是敵人在解除武裝的時候來襲就糟了。

——劍兵，不可以騙人喔。妳恢復武裝狀態連吸口氣的時間都不用吧？

——話、話是這樣沒錯，可是術士！水裡可能有水妖啊！

——再怎麼樣都應付得來吧，我無所謂喔。

——對呀，我也無所謂。呵呵，這樣就兩票了。

——我也不在乎。

——我也是，那就這樣啦。

都到這地步了，劍兵還是有話想說。

可是她無法阻止愛歌抓著她全副武裝的手往溫泉拖，也無法阻止少女在充滿致命危險的「迷宮」中突然見到溫泉而想試試的好奇心。

結果就變成這樣了。

「我是第一次和這麼多人一起洗澡耶！」

「這、這樣啊。」

「對呀！」

少女與少女。

或說魔術師與英靈。

也許是錯覺吧，兩人的對話中似乎有種花媚。

「而且這也是我第一次只和女生泡澡。呵呵，雖然這『迷宮』有很多讓人傷腦筋的東西，也給了我很多寶貴的第一次呢。」

「主人，妳真是個純真的少女。」

「哎呀，劍兵妳不也是嗎？」

「我不敢這麼說。」

「妳的肌膚、妳的肢體都很美喔。如果純真在這世上有個形象，一定就是妳（劍兵）這樣。」

花媚——

少女的可愛、惹憐、短暫。如花一般。

儘管冠著補充魔力這麼一個堂皇的名目，但她們裸身沐浴在魔力溫泉中所散發的花媚，實在更勝於探索「迷宮」過程中的任何一刻。

好美。

另我聯想到百花齊放的庭園。

「……想不到還能這麼放鬆地泡澡。雖然用魔術保持清潔是不難，但那和熱水流過皮膚的舒爽完全不能比呢。」

「是不是有花了那麼多時間都值得了的感覺呀，術士？」

「對呀，愛歌。感覺很棒喔。」

術士摘下兜帽所展露的美貌，讓我也不禁臉紅心跳。

即使從可見到的口部就能猜到她是個大美女，實際目睹的震撼力仍是截然不同。

與留長的長髮同顏色的眼瞳，寬鬆長袍所遮掩的胴體。

她的一切都充滿成熟女性的魅力，自然而然地使我意識到自己遭愛歌奪佔前的身體是多麼青澀。要是能分我一成美色，我一定會更、更這樣那樣……

「劍兵。」

視線不由得轉向劍之英靈。

由於愛歌擁有這肉體的絕對操控權，我只能見到她所見、想見的東西。

因此，現在我看的是劍兵。

她的肉體和術士很不一樣。

比愛歌稍微年長的她，有副適合以嬌柔形容的苗條肢體，那副身材怎麼看也不像是揮舞聖劍斬殺無數強敵的強悍劍士。即使隱約透出柔韌肌肉的線條，與愛歌和術士同樣白皙的皮膚依然教人興嘆。

同是女人也會看得入迷。

沒錯，女人。她明明是傳說中的亞瑟王，我看見的卻完全是少女的裸體。

「妳真的、真的是女孩子耶，好奇怪喔……喔不，說奇怪太沒禮貌了。可是，妳身材好棒喔。嗯，好棒……」

氣息與聲音洩出唇間。

原以為是我在說話，但那是愛歌的呢喃。

她注視著要將肩膀浸過溫泉的劍兵。注視、更注視……

「再讓我看清楚一點嘛。」

「不、不行，愛歌。不要這樣直盯著我看。」

「不行嗎？」愛歌抬起眼。

「這樣，不好……」

「可是我們都是女生呀，沒什麼好害羞的吧。好嘛好嘛？」

一點一點地。

愛歌逐漸接近。

啊啊，一發不可收拾了。幾乎在我這麼想的同時，劍兵也似乎有所預感而企圖離開浴池。

「嘿！」

結果啪唰一聲，愛歌抱住了劍兵。

因此，在魔力泉中泡得紅通通的肌膚緊密相貼。啊啊，貼在一起了。

那種感覺——並沒有傳給我。

我的肉體完全在愛歌掌控之下，只共享視覺、聽覺與嗅覺，觸覺和味覺都遭到隔絕，所以無法具體形容抱起來是什麼感覺。

嗯，無法形容！

「主人？那個，妳這是……」

「我跟自己約好要忍耐，不碰我的劍兵了。可是，嗯～沒錯。摸妳就不算了吧？」

「不算？妳、妳在說什麼啊，愛歌──」

劍兵疑惑的聲音在浴場迴盪。

死亡「迷宮」所不可能有的少女嬉戲聲，填滿這個空間。

先不提巨岩另一邊的兩騎男性英靈，原以為術士好歹會出聲制止愛歌惡作劇，她的反應卻出人意料。

「再來換我摸摸看吧，劍兵。

啊，對了。洗完以後，我幫妳準備一件白色禮服吧。」

「術、術士妳別鬧！」

「禮服不錯喔。感覺劍兵穿起來很好看！」

「愛歌！」

──據信，人類不可能攻破「艾爾卡特拉斯第七迷宮」。

──那麼有誰能征服這魔窟呢？

即是能力高過人類的人，現在的結論就是如此。

這絕非無稽之言。

不需要去考慮迷宮原創者寇巴克．艾爾卡特拉斯氏的真實身分，超越人類的存在本來就會偶爾伴隨明確的實體出現在這個世界上。

幻想種就是其中之一。

然後是本質為「守護者」而擁有超常力量的英靈。

在特定條件下，我們魔術師能使役這些人類原本無法觸及的英靈，而這個條件就是亞聖杯。以過去日本冬木市的大聖杯為藍本所製造的眾多假聖杯，把亞聖杯戰爭作為條件成功召喚了英靈。

那麼，在這座「迷宮」裡進行亞聖杯戰爭究竟有何目的？

難道召喚英靈只為讓他們攻破「迷宮」嗎？

合理是合理，但有個相當大的疑問無法解釋。

有別於艾爾卡特拉斯氏，對於新的這位迷宮創造者而言，假如征服「迷宮」就是他的目的——那麼他在第四層最深處設置亞聖杯的當下，不就已經達成目的了嗎？

還需要更多資訊。

不過「迷宮」的嘴已經閉上好幾天了。

希望先行進入「迷宮」的徒弟和委外人員都仍安好。

「有意思，很可能這四騎英靈能一騎不缺地到達第四層。」

黑暗中，有個人影如是說。

不知是對誰說話，也許是自言自語。

抑或是對不在此處的人物報告現況。

「是召喚到特別強大的英靈，還是搭配起來效果優異呢？無論如何，能一騎也不犧牲就征服第三層已經超出了原先的計算。難道會是那個類似主人的存在起了偶發性的效果嗎……無所謂，總之——」

黑暗中，有個人影如是說。

散發淺紅魔力的燈光下，映照他病態般的蒼白皮膚。

「守護者們啊，但願你們能帶著完整的靈核抵達終點。」

於是。

我們來到了「迷宮」第三層最深處的大廳。

在那裡等待我們的首領級怪物是——

類似幻想種。

也像合成獸。

甚至擁有人造機械人偶的特徵。

全身魔力橫流，具有混合蛇、爬蟲動物與蝙蝠的特徵部位，以及鱗厚如甲的強韌四肢。

就外觀而言，類似世界各地傳說中都出現過的「龍」。

稍微開啟通往大廳的厚重金屬門往內窺視時見到那樣的東西，我第一個情緒是絕望、喪志、後悔，總之就是我的懦弱又像平時那樣發作。

即使身旁有看似無敵的四騎英靈，我還是很怕自己會死在這裡。

——龍族、龍。

人類絕無法抗衡的生物。唯有英雄有機會擊斃，非英雄之人的刀傷不了牠一分一毫，人世全土最強大的魔物，絕對的幻想。

不過在那裡的不是真正的「龍」，而是人仿製的怪物。

要說的話，就是龍魔像（Dragon Golem）。

吶，聽得到我嗎？

我的劍兵。

我的亞瑟・潘德拉岡。

我在這座沒有你的「迷宮」做了好多事。
與同樣身穿蒼藍白銀，使用聖劍的女孩，一個不是你的你一起。
陪許多怪物玩耍，做了很多菜，增加自己的經歷。
儘管寂寞悲哀，也只能忍耐再忍耐。

不對，劍兵。
我還是說實話好了。
其實我好難過好難過，寂寞得隨時都想哭，一直在忍。
可是有那麼一點點——
開心。
用變得這麼弱的身體，和不是你的你、弓兵、刺客和術士一起攻略「迷宮」，讓我好開心。

「第三層（這裡）的首領是怎樣啊……龍嗎？」
「外觀是很像，但不是正是的龍族，只是人造的贗品。配備等同於魔力爐的核心是很了不起，但總歸是魔像一類。」

「不愧是術士，真是博學啊。」

「我對龍有一點心得，就讓我打前鋒吧。」

「那我和弓兵在後保護愛歌小姐，伺機牽制。」

「好好好。」

「那我就來掩護你們好了。」

對不起。

我心裡真的只有你一個。

拜託原諒我喔，我絕對不會移情別戀的。

我不是那種人喔。

另外，我這次有個大收穫！

我在這座「迷宮」學到了一件事。

大家團結合作，真的是——一件很棒的事！

ACT-4

Fate/Labyrinth

——少女，正在墜落。

二十一世紀初，某月某日。

世界上的某處。

吞噬所有入侵者而惡名昭彰的「艾爾卡特拉斯第七迷宮」中。

第三層最深處的大廳。雄偉的龍魔像，守在通往最後第四層的階梯前。

那的確具有能被守護世界的英雄視為大患的力量。

力與力的對衡。

神話終於在此處重演。

一方是自身即為傳說的四騎英靈（使役者）。

一方是以傳說為基礎而造的贗品。

說起來，這算是「真」與「假」的戰鬥吧。

也是舊與新的死鬥。

——少女，尚未墜落。

堪稱魔力爐心的中樞部位全力運轉而狂吼的龍魔像，力量非同小可。

一般英靈單槍匹馬對上它，其暫時的肉體和靈核都要進了它的嘴。

在魔術師的世界中，基本上是新不勝舊。

因為悠久的太古幻想甚至與神相通，經過漫長歲月後更化為神祕。

但並非絕對。

贗品擊敗真作的事時而有之。

一騎英靈揮舞看不見的劍時，說了些話。

似乎是龍的動作明顯曾有和英靈對戰的經驗。

是的。

它至少達成過一次那不可能的偉業。

伸長脖子高聲咆哮的人造龍，曾經吞噬過英靈！

——少女，尚未墜落。

某人以口哨表示讚嘆。

其讚嘆自快速射箭的英靈之口。

以白色面具遮蓋面貌的英靈點點頭，融入空間隱藏身形。

身穿深藍色長袍的英靈，輕輕懷抱連身裙少女飄在空中。

以弓之英靈的口哨為信號同時出手。

那是在幻想種、合成獸（奇美拉）、致命魔術與陷阱蠢蠢欲動的「迷宮」中自然醞釀出的團隊合作，四騎英靈所得出的最佳解法。

牽制用的魔術從空中投射。

龍魔像的目標立刻切換為魔術施放者，開始準備攻擊。

剎那間，勢如劃開空間之箭矢及短刀擊穿了龍魔像頭部的感應器。

——少女，還不能墜落。

那製造了數秒的空隙。

給予劍之英靈高舉金光四射的劍並斬下的時間。

寶具，真名解放。

「命定的（Ex-）——————勝利之劍（calibur）！」

光亮、光明、光輝。

假造的龍就此消滅。

彷彿有人間不應有的星光填滿了周遭一切的錯覺

那是聖劍之王所擊出，真正的最強幻想。

少女忍耐地注視它。

忍耐對龍的恐懼，精神的極限。

削磨著靈魂，不願輸給墜落至自身肉體的感覺。

即使我才是這肉體真正的所有者——

也要給她見識這光輝的景象。

給這肉體的假所有者——

沙条愛歌。

我不停墜落。

僅存於肉體一角的我的意識，不停墜落——

我是在對戰假造之龍的途中，發現自己原本是在更高的地方。

同時我感到令人暈眩的強烈不安定感，慌亂起來。

我的肉體不屬於我。

至少在此時此刻，它屬於愛歌。

同行的四騎英靈也是這麼認為，或者說根本不知道我的存在。

不滿？

我嗎？

不，我並沒有那種想法。

能抵達這「迷宮」第三層的盡頭，顯然不是因為我肉體的基本性能高，或擁有質與量皆極為優異的魔術迴路。別說我的存在，就連肉體對愛歌而言，說是累贅都算抬舉了吧。

近乎全能的她，現在只能發揮色位(Brand)水準的能力。

我知道原因出在哪裡。

因為我的肉體成了重重的「枷鎖」，束縛著愛歌。

可是不知為何，這束縛到了第三層盡頭就逐漸地自動鬆綁了。

直至完全解除。相當輕易。我想撐到最後，但撐不下去。

漂亮擊敗仿製的龍，走完通往第四層階梯的下一刻，愛歌理解到自己暫時的肉體接下來會發生什麼事，露出有所發現的表情，然後變成略顯遺憾。

眩目地注視周圍四騎英靈之後。

她嘆著氣說：

「唉，就是這樣吧。」

首先是自言自語。

還是說，這句是對我說的？

不，不是。不是這樣。

「對不起喔，劍兵。我原先覺得非破壞聖杯不可，可是好像不太對。我現在變得連那樣對不對都分不清楚了。這表示，這的確是一段很特別的時間吧。」

有點為難似的。

她朝向那位少女模樣的英靈——

與她最愛之人有同樣人生經歷的騎士王柔柔一笑。

「其實這是有時間限制的吧，有點可惜。」

——不留痕跡地，她從我的肉體消失了。

——不留痕跡地，她從我的世界消失了。

消失了。完完全全地。

無論如何，我都不會明白為什麼吧。

我不曾在鐘塔學過魔術，也沒有與生俱來的全能。憑僅有的那一點點魔術迴路，要自稱魔術師都顯得厚顏無恥。除此之外，只有一雙能力被動，無法隨心所欲自由控制的「眼睛」。

雖然祖父留給我的書籍提供了各種重要知識，在神祕遺跡中經常給我不少的幫助，不過那和我的背包一起掉在「迷宮」入口附近了。況且我也無法控制自己的身體，一頁也翻不了，現在一點用處也沒有。

因此，我只能任由自己墜落。

重力。引力。

我的意識想到這些物理名詞。

我從一個不知所以的地方朝我的肉體墜落，然後撞擊。

撞向沒有愛歌的空殼。直線撞擊。砰！

「主人，妳怎麼了……愛歌？」

「呀！」

我不禁尖叫。

愛歌最後留下的話，使劍兵擔憂地探視著我——

啊啊，好久沒有這樣的感覺了。是真的睽違了幾天。

我以恢復完全主導權的肉體、眼睛、視覺檢視周遭狀況。

身披蒼銀鎧甲的少女騎士王就在身邊。

四騎英靈一起看著我。

不僅是劍兵，皮甲以綠色為主的弓兵、戴骷髏造型白色面具的英雄刺客、面帶優雅微笑轉頭過來的術士，這四位身在死之園地的「迷宮」中也毫不畏懼的英靈全發現了我的異變。

化為沙条愛歌的肉體。

如今已完全恢復我這個人的實體。

身穿翠綠連身裙的少女，已經不存在了。

體格感覺是很類似。

但那淡金色頭髮與清澈眼眸都不存在了。

完全是另一個人。

在他們眼中，我應該是和愛歌對調般忽然出現吧。

橘色頭髮，紮了條馬尾的我。

既像盜掘者又如探險家，漫遊各地遺跡的特殊技士學徒，代代以魔術協會為主要交易對象的魔術師。若以協會的用詞來說，就是委外人員。祖父闖出了一番事業，甚至堪稱在交易上與協會關係對等。

然而他這麼一個神祕的探究者，沒有一丁點的魔術才能。

不可能與締造傳說，名留青史的英靈站在同一線上。

「……喂喂喂，小姐妳誰啊？」弓兵不解地問。

「感覺不同於變身魔術一類呢。」刺客也是相同反應。

「她是另一個人，連魔術迴路的狀態都不同了。可是在這裡用這種調轉位相的神代魔術，類近乎魔法，現代魔術師幾乎不可能有如此偉業……也未免太誇張了吧。」

術士已開始把握、推測狀況。

而劍兵——

沒有任何慌亂，就只是用她碧綠的眼注視我。

「妳……」

有人開口了。

是句詢問何人的話語。

某人對呆若木雞、並非愛歌的我問了話。

答話吧。對，非答不可。

不過光是想該怎麼正確解釋這個狀況，就讓我腦袋亂成一團，根本沒答話的餘力。我好慌好困惑。我始終覺得自己的意識都只是勉強懸在肉體的某一個小角落，根本沒想到會從不曉得是哪裡的地方掉下來，把愛歌趕出去。

愛歌到哪裡去了呢？

回到她原來的世界，原來的時間了嗎？

應該是這樣吧。她想要回去，便脫離我肉體這個枷鎖，直奔心愛之人。從宛如世界中心的那個奇妙小套房取回遺留的東西，回到她最愛的蒼銀騎士王——另一個劍兵身邊。

對，這也得告訴他們。

有好多事必須說出來才行。

我努力使自己鎮定。即使不能像愛歌那樣，也要盡力而為。

四騎英靈能不能了解現況，全看我怎麼解釋了——

假如我犯了錯。

他們恐怕會認為我是設置於第四層的幻想種、魔獸、陷阱所製造出來的阻礙或殺手，當場殺了我吧。我無法具體想像自己會以何種方式迎接死亡，而英靈們當場放棄暫且的合作而開始斷殺也不是不可能的事。

咦、咦？

我會被殺？

啊啊，啊啊，對喔，有這可能！

這——不只是很有可能而已！

「我、我……是……」

我也知道自己舌頭打結。

啊啊，真丟人。

若是愛歌，一定能用更美妙的聲音，更大方的態度說出來吧。

我忍住隨時要噴出唇間的恐怖與慌亂，想與這四騎具現化的神祕與幻想對話。一邊即時選擇該說什麼，一邊思考。拚命思考。自從在埃及邊境遭遇仿製人面獅身獸（Sphinx）的太古魔像出謎語考我以來，我還沒這麼拚命動腦過！

當時是想起祖父一位戴眼鏡的女性老友的話才能平安脫逃。

現在就不行了。

焦躁逐漸填滿意識。

腦中變得一片空白，好可怕，好可怕——

「小姐！」

弓兵的聲音衝入耳裡。

怎麼了，我做錯什麼事了嗎？出了值得他罵人的醜嗎？

好可怕，不要。我不想死，雖然我八成幫不上你們任何的忙，可是我不要，我不想要痛不想要再害怕不想要死！

「不要過來。」

我好像說了這樣的話。

同時，我到現在才了解自己是什麼狀況。

我不禁慢慢後退，忘了弓兵和此刻前不久才告誡愛歌幾個說這裡的牆壁設了很多陷阱，不要亂碰。手真的往牆壁伸了過去。

發現犯錯時已經太遲。

我啟動了陷阱。

腳底踏著石地的感覺冷不防消失。

我無能為力，往腳下瞬時開啟的大洞掉下去。

「……！」

不愧是英靈，使役者。

劍兵和刺客立刻向我伸手。

來得及。

他們肯定能阻止我墜落。

他們擁有這樣的動態視力和體能，只要我乖乖讓他們抓住，就會拉我上去。弓兵也沒閒著，正設法避免陷阱發生連鎖反應。術士以單動或更快的速度，對我的座標施放飄浮魔術。

經過這幾天，我的眼睛已習慣捕捉高速動作，能看清這一切。

可是。可是。

我已經完全失去勇氣。

形同超常兵器，遠超乎人類所知範疇的英靈們，使我害怕。

不曉得他們知道愛歌消失後會在失望之餘導出何種答案，使我恐懼。

提早一秒也好，我只想趕快逃離這裡。

於是我不僅沒抓住伸來的手，還不顧後果地往牆壁一踢。

自願往張開大嘴的黑暗空洞——

掉了下去。

隻身墜落。

我不停墜落。

到最後還是掉到洞裡去了。

從應該是「迷宮」最底層的第四層再往「下」掉，不曉得是什麼情況。

能確定的是，我感到自己距離原本的出入口愈來愈遠。

隨著內臟因墜落而浮起，心中也湧出一股灰暗的感覺。

我知道。

這就是所謂的絕望。

我究竟掉了幾公尺呢。

我不想死，希望能活著逃出「迷宮」，用熱水沖洗全身，稍微擦乾頭髮就在溫暖的房間蓋條毛毯上床睡覺。到喜歡的咖啡廳點每日的特製蛋糕，在灑滿陽光的露天桌位享受悠閒的午後。

祖父留下來的藏書，我也還沒讀完。

好想認識一個美好的人，與他共組像祖父母那樣和樂的家庭，給孩子滿滿的愛，不像滿腹無謂野心的父親那樣弄得婚姻破碎。

不要，我不能死。

不能成為當代知名探險家留名青史也無所謂。

神啊。神啊，求求祢。

請原諒我中途放棄主日學。

只要我能完完整整地離開這裡，我承諾每週都盡可能去做禮拜。

拜託。還不要殺了我。

「不要……！」

哀號迸出咽喉。

緊接著，我的背撞到了東西。撞得好重。以為全身要四分五裂，然而沒什麼傷害。墜落距離其實不長？

放心沒多久，新的問題又來了。

正上方的光線──劍兵和弓兵手上當提燈用的魔術照明漸遭隔絕。沉重立方體石塊隆隆作響地從左右向中間靠攏，直至填滿整個洞口。

是自動開閉的魔術機關。

愛歌一定不會掉進這個洞，就算掉下來了，也能在洞口自動閉合之前逃離吧。可是我辦不到。我掉下來了，這也是當然的。

劍兵他們會追過來嗎？

不。儘管不是不可能，他們也不一定會挖開地面找過來。

術士或許能用魔術挖隧道，但這類的魔術陷阱也可能準備了陰毒的手段來防堵。若是一般魔術師建造的遺跡也就罷了，這可是人們暗中談論的傳奇魔術師寇巴克·艾爾卡特拉斯所打造的「迷宮」，即使是身擁多項可怕魔術的術士也不能疏忽大意。

我不知該放心還是怨嘆自己做了蠢事。

還來不及判斷，我已經翻滾起來。

沒錯，不是墜落——

這次變成翻滾。

洞穴底部與陡坡相連，自然使我的身體往下滾動，轉得我頭昏眼花。轉轉轉，轉轉轉。速度快得我想停下也做不到，光是用雙手抱住頭部就很吃力了。

掉啊掉，滾啊滾。

滾到我不曉得已經滾了多久以後，忽然停下來了。

「……唔唔，好痛……」

有道微光鑽入眼中。

讓我看見，自己滾到了與上方樓層構造截然不同的自然洞窟空間。

難道我出來了？但這麼一個希望很快就破滅了。

眼前景象，甚至讓我無法以為自己滾出了「迷宮」，來到危險的幻想種和合成獸都不存在的外界洞窟。光，淡淡的光輝。不是因為洞口一帶有反射光線而微微發亮的發光苔，一看就知道是魔術造成的光線。

地面、石壁、洞頂。

全都散發著結晶化魔力的光輝。

這裡肯定是物理法則所支配的自然界，所不可能出現的神祕領域。

「我還在『迷宮』裡呀。」

順咽喉而上，溜過舌頭離開唇間的，是我自己的聲音。

對，不是愛歌的聲音。

到這一刻，我才實際感覺到——

愛歌已完全離開這副身體的事實。

以及與強悍驍勇的英靈分開了的事實。

「只剩我一個……」

他們會來找我嗎？

不曉得。可能會試著搜尋愛歌吧，但多半僅此而已。我想，現在狀況和我掉下來之前並沒有變。萬一他們真能找到我，知道我再也不是愛歌以後，又會怎麼處置我呢？

至少，我不是配得上騎士王的主人。

我好歹有這樣的自覺。

一往這裡想，恐懼、慌亂和焦躁又再度急湧而上。不行，我再怎麼樣也沒資格與神話傳說中的英雄同行。我沒有愛歌那樣的才能和判斷力，即使有些許專門知識和技術，也弄丟了能使它們發揮作用的裝備。

「裝備？」

字詞溜出唇間。

我搓揉著又摔又滾而略感疼痛的四肢，想站起來。這時——

我感到腰帶上有股熟悉的重量而說出那個詞。不會吧，怎麼會？

「……我不是早就在入口就全部弄丟了嗎？」

整套裝備——

都存在於我的後腰。

用手摸、用眼睛看，都能感到熟悉的探索背包就在那裡。

怎麼可能。

我的裝備是真的全掉了。

所以我才會在絕望中進退維谷，站在黑暗遍布的「迷宮」通道上不知所措。見到手背浮現令咒，感到相關知識自動流入腦中，讓我曉得亞聖杯的存在與亞聖杯戰爭正要開始，然後茫然地看著劍兵在我眼前現界——

然後，愛歌。

妳降臨了我的肉體。

「愛歌。」

我呢喃妳的名字，思考這是怎麼回事。

「是妳幫我找回來的嗎？」

沒有根據。

只是腦中一角冒出這種感覺。

讓我不禁紅了眼眶。

源自孤獨的惶恐，別離的哀傷，對奇蹟的些許想像和推測。

處在極限狀態，生死攸關的現實也可能推了一把。
我無法阻止視野變得朦朧。到頭來，我連名字都沒機會告訴妳，不能和妳說話、給予幫助，就只是用這個並非全能的肉體拖累妳。
我不知道妳幫我取回背包時在想些什麼，也不曉得究竟是不是妳做的。
對妳而言，也許是微不足道。
可是——
我摀嘴強忍嗚咽的衝動。
克制嚎啕大哭的念頭，全心感受腰上的重量。
即使我力量渺小，不過是個平凡的人類，我也應該試著做好每一件我做得到的事。儘管原因不明，我慣用的工具還是返回了我身邊，我並不是一無所有。
「要加油。」
沒人在聽，我仍這麼說。
我「嗯」地一聲對自己點點頭，重新檢視周遭——
首先該做的是觀察，把握狀況。
懷著如此意識所見的視野中，有東西飛了進來。一個、兩個。
『要加油啊。』

『好棒喔。』

『我覺得很棒喔。』

『這樣真好。』『真好。』『人類。』『我喜歡人類。』『加油。』『我們也要加油。』『人類加油』『喜歡。』『喜歡。』『喜歡。』『這裡已經好久。』『沒有人類來過。』『嗯。』『走散了嗎?』『好可憐。』『好可憐。』『加油。』『好可憐。』

『嗯。』

一個?不。

兩個?不。

我看見許多小小的人影。

散發著淡淡的魔力光——從陰暗的洞穴中浮現。那是具有昆蟲般透明雙翼的東西。數量很多,一大群。

看似可愛少女,究竟是什麼?

聽得懂人話?

聽起來像我所習慣的英語。

她們陸陸續續朝張著嘴發愣的我群聚過來。

翅膀似乎在微微發亮。都是一樣的。那淺藍色的光,色調和周圍形成天然洞窟般的結晶空間很接近。難道她們是棲息在這區域的幻想種一類嗎？如果是，那麼這洞窟真的不是「迷宮」的一部分，而是祕境性質的自然產物？

可是，會說英語的幻想種？

人面獅身獸不是用聲音對話，而是直接以精神溝通，但她們不同。

騎士王大約是五世紀時的英雄，母語應該是當時不列顛使用的不列顛語。即使經過亞聖杯這個媒介召喚為英靈後，她獲得適合現代的語言能力，當年的她用的還是不列顛語或相近的語言。

那麼幻想種——也是差不多是這種情況吧？

我學識沒祖父淵博，不敢斷定。

既然具有語言能力，也可能懂得視對象使用不同語言。

聽，她們又說話了。

『還好嗎？』

『不要怕。』

『放心吧。』

她們口口聲聲以溫柔言詞安撫我。

她們？還是他們？無法明確分辨性別。

比例比人類略大的眼，整體令人聯想到人類少女的柔美四肢，沒有風吹也依然飄逸的柔軟頭髮。

動作、聲音和言語，全都是那麼地溫柔、和善。

讓我——

疏忽了。

「妖精……」

這個詞，喃喃地乘上我的舌。

那經常出現在孩子看的圖畫書或大眾取向的動畫電影。

啊啊，我從小明明就見識過真正的妖精是怎樣的東西！

「妖精好美喔。」

我不知不覺地向那些贗品伸手。

對那群微笑著絮語的小東西，做出「過來」的手勢。

不對。不對。他們是假的。

他們和祖父帶我到愛爾蘭祕境所見到的真妖精完全不同。這裡不是魔獸幻獸一類隱居的自然僻地，不過是「迷宮」的一部分，這些飄過來說話的東西連幻想種都稱不上。現在，我一定是完全著了他們的道吧。

也許是接近至一定距離的緣故，我失去了判斷力。

即使理性與知識大叫著這樣不對，我也停不下來。

甚至表情陶醉地向他們伸手，來——

「請用餐。」

我居然主動要他們掠食我。

祖父那位戴眼鏡的女性貴賓曾告訴我，假如見到像故事書那種少女模樣的妖精，十之八九都不是「真貨」，而是假貨。甚至該當成魔術師所製作的使魔。

聚集到我身邊的東西也是一樣。

不過是至今在「迷宮」中遭遇的魔術產物。

多半是合成獸。

畫面已經不只是詭異而已。他們似乎認為我這個獵物已經完全失去抵抗力，假妖精的臉大大地縱向裂開，整個頭部都變成長了尖牙的嘴，向我襲來。

「……！」

我出不了聲。

抗拒的意念，在某種魔術效果的束縛狀態下迸發。

我的姿勢仍是像他們伸手，若有旁人見到了，一定會以為我是個蠢蛋吧。都在魔術世界

有傳說地位的「迷宮」從第一層一路攻破第三層，來到至少是最底層一部分的空間了，居然會死得這麼輕易，未免也太蠢了。

沒錯。

我就是蠢。

全身不得動彈，只能在眼底裡恐懼地大叫救命。

等到哀號響遍洞窟，這些假妖精已經把我吃掉一半了吧。

『開。』『開。』『開。』『開。』『開。』『開。』『開。』『開。』『開。』

『動。』『動。』『動。』『動。』『動。』『動。』『動。』『動。』『動。』

『了。』『了。』『了。』『了。』『了。』『了。』『了。』『了。』『了。』

『開、動、了。』

生硬的英語天真地響起。

已經能預想到他們會連同衣服撕裂我的肉、剜我的肉，還有那股劇痛。

我緊閉唯一自由的眼皮，想至少阻斷視覺。

可是。

經過一秒、兩秒。

都三秒了，劇痛都沒襲來。

「……？」

於是我戰戰兢兢地緩慢睜眼。

眼眶堆滿淚水而朦朧的眼，見到的不是凶殘的怪物。

——不是白也不是黑。

——是灰色。

我沒死。

我依然活著，看著在絕對的絕境中救了我的人。

那是一名少女，一手拿著形狀特異的武器——看似變形的「槍」，有巴洛克時代繪畫中的死神所肩擔著的大鐮刀那麼大。

灰色的印象。

感覺特別強烈，是因為她頭上兜帽的色調吧。

明明披著黑色斗篷，不知為何印象就是灰色。

長相看不清楚，正好被兜帽的影子遮住了。

一見到她唯一能辨識的嘴，就有股莫名的安心湧上。

「謝……謝謝……」

我得救了。

她確實拯救了只差一步就要落入死亡的我。

這時的我起了些許的誤會，以為是這樣的事實令我安心，張開終於重獲自由的唇。喉也能動了。逐漸能自由發出聲音，說出言語。

然後我保持癱坐，查看周圍狀況。

我不知何時又摔倒了，除了之前墜落和翻滾的餘痛外，全身到處都有新的痛楚。難道是因為我即使身體不能動也被那群蜂擁的假妖精嚇得繃得更緊，一屁股跌坐下來的緣故？

假妖精一隻也不例外地沒了動靜。

一定是那把武器把他們全撂倒了。

從散落在我腳邊的殘骸斷面便能一目瞭然。專為襲擊入侵者而設置於最底層的怪物，應該具備一定程度的防禦手段，她卻只用我閉上眼睛這段極短的時間就處理掉了。

強力禮裝？

不。看著她的武器，我想到另一種可能。

魔術師所運使的魔術禮裝確實是威力強大，某些禮裝在超一流人士手中，甚至有現代武器中飛彈規模的破壞力。然而我的眼睛告訴我，那不是那樣的東西。

不確定是否有所掩飾，但基本上不會錯。

若是進入這「迷宮」前的我，對，一定沒這種判斷力。

從第一層到第三層目睹實例的經驗，讓我能夠如此斷定。

那一定是——寶具。

使英靈成為英靈的傳說具現化，窮極之幻想。

現代魔術所無法到達的至高境界——Noble Phantasm。

所以。

這個灰色少女一定是——

「妳是槍兵吧……？」

一定是英靈。

我不曾聽聞有哪個現代人能使用寶具。

據說這場亞聖杯戰爭共有四騎英靈，而劍兵他們也的確這麼說。我不認為她和其他三騎會說謊，所以直到這一刻都是這麼認為。不過亞聖杯突然基於某種理由而新增一騎英靈，其實也不是什麼奇怪的事。

即使是我這種水準的人，也聽過亞聖杯的背景知識。

那是以日本冬木市的大聖杯為藍本所製造的非萬能願望機。

冬木聖杯曾以完整七騎英靈完成名為聖杯戰爭的魔術儀式，而亞聖杯最多只能允許五騎英靈現界。

最多五騎，所以是合理的數字。

劍兵、弓兵、刺客、術士。

再加上槍兵。

「……妳怎麼會覺得這是『槍』？」

「那就鐮兵……？」

「────」

少女的頭曖昧地偏斜。

不曉得是點頭還是搖頭。

如果不是槍，那麼是因為不是劍也不是弓，因而歸為槍兵嗎？

該不會拿鐮刀就是死神職階吧，沒聽過這種職階。

在這一刻，我的誤會層層堆疊。

我從沒想過人類有辦法單槍匹馬闖入「迷宮」最底層，所以覺得或許有必要對這位救了我，疑似使役者的少女，隱瞞自己曾是劍兵之主——在愛歌消失之前，這副肉體曾有過主人功能的事實。

對，我不知道第五騎英靈是如何看待劍兵。

即使我現在連令咒都沒有，只要是主人就該消滅，以免夜長夢多——不能讓她有這種想法。在判斷條件不足的狀況下，我先下如此結論。

「我是，呃……」

思考，該說什麼。

思考，能說什麼。

名字。

我說出始終沒機會對愛歌說的話。

「我的名字叫諾瑪。」

諾瑪・古菲洛。

那是使我成為我的名字。我最愛的祖父為我取的寶貴名字。

有種怪異的感覺。

我現在用直至前不久都還不屬於我的肉體，說出肉體原有的名字。對象既不是愛歌，也不是劍兵，而是和她們兩人一樣保住了我的命，這位剛見面的少女。

「我是受魔術協會之託來這裡調查的，結果……」

「……那妳的目的就和我一樣了。」

「這、這樣啊？」

「對。我想應該差不多。」

少女又點點頭。

不過是人類的我和她這個英靈應該差很多，但我還是決定少說為妙。要是說多了，不難想像粗心的我會把原本要隱瞞的事都一個個抖了出來。

再說，我插不了嘴。

光是想一字不漏地整理聽覺資訊並牢記就忙不過來了。

可是，驚人的事發生了——

「我們要去的地方、要找的東西應該一樣。」

第五騎英靈毫不避諱地說出了她的目的。

她說得很直接，讓我感覺順序上有些錯亂，也有聽不太懂的部分，但應該還是掌握到了幾個重點。嗯，大概有抓到。希望有抓到。

她說，她也是隸屬於魔術協會。

她說，目的是調查並離開「迷宮」。

她說，原本並不打算單獨潛入這麼深。

「不打算單獨潛入這麼深？」我忍不住依言反問。

「對，我……」

少女顯得難以啟齒。

她兜帽陰影下的眼睛向上望去。指的是上層，還是有其他意思？

「……我得盡快返回師父身邊才行。」

「妳還有老師呀？」

「對。」

那是想早點回英靈座的意思？

那麼她或許和劍兵一樣，對亞聖杯是「破壞」的立場。

隸屬魔術協會這部分就有聽沒有懂了。她沒提到主人的存在，和魔術協會的直接關聯恐怕不高，可是她仍因為某些緣故而聽命於魔術協會？因為接觸過入侵「迷宮」的魔術師？

「師父在等我，所以……」

鐮刀少女這麼說著伸出了手。

這瞬間，我不禁想到跌下陷阱那當時劍兵和刺客對我伸出的手，以及愚蠢至極的我中了陷阱還向食人妖精伸出的手。

啊啊，我是不是犯了決定性的錯誤？

當時我應該伸出手吧？

而後者則是相反，我不該伸手。

對於前者，我不敢斷言。畢竟當時焦躁又混亂的我，不一定能取得他們的信賴。

那麼現在，該如何抉擇才對呢。

「謝謝妳，槍兵。」

「不客氣……」

「既然妳救了我，我一定要好好答謝妳才行。」

我抓著少女的手站了起來。

在每個角落都潛藏死亡的「迷宮」中，我想盡可能往正確方向前進。

所以，抱歉了。

光榮的騎士王，劍兵。

鷹眼的神射手，弓兵。

天使般的人物，刺客。

優美的女魔術師，術士。

我想活下去。

我——想依從祖父和父母給我的這條命，以我自己（諾瑪）的身分活下去。

我不想要那種死法。

我回想起在人命如草芥的「迷宮」入口一帶發生的事。

這樣說出來，給人才剛發生不久的感覺。那衝擊就是如此鮮明，令人永誌難忘。在這個並非「迷宮」的遺跡也有許多類似的事，我一路上除了哭就是跑。

第一層，連接外界的出入口附近。

我以魔術協會委外人員的身分，勇闖「艾爾卡特拉斯第七迷宮」。

成員當然不只我一個。

周圍還有不少人。他們都是同行，經驗比我豐富得多——說得具體一點，就是不為探究神祕而使用魔術，只是用來當作工具，在祕境中搜索遺物的盜掘者。我們為了和一般世界的盜掘者區別而自稱探險家，但實質上差不了多少。

不算是魔術世界的人。

也不算是一般世界的人。

大多時候是接受協會的委外任務，蒐集有魔術觸媒等用途的貴重物品。

事實上，我的家族代代都是以接受協會的委外任務為業。記得從第七代還是第十代之前就是這樣，有很長一段歷史。尤其是祖父，對於協會裡比較偏離正道的人，認識得特別多。

給我這項任務的，就是祖父在協會裡認識的人。

當然，我很不情願。

我很怕這個惡名昭彰的「迷宮」。

可是我還是有那麼點想成為祖父那樣的人，況且這次隊伍是由眾多探險家所構成，算是調查團，還聽說有這方面的知名人士參加——

所以我動心了。

以為自己說不定有機會與他們共創偉業，動了貪念。

最後——

「……活下來的只有我一個。」

在散發微光的人造洞窟中，我對走在身旁的鐮刀少女喃喃地說。

即使她沒答話，從點頭也能看出她有在聽。

「大概是一種魔獸吧，有條和通道一樣粗的大蛇竄出來，一口就把帶頭的吞掉，還一次纏住好幾個人。」

然後是噁心的聲音。

被蛇纏住的那些人全身骨折的聲音。

而我，完全是喪失鬥志的狀態。

那位知名探險家大叔放出攻擊魔術，記得是火焰之類的，但那團魔術造成的熾熱卻被鐵塊似的鱗片彈開了。現在想想，那也是當然的。魔獸是用來對付亞聖杯戰爭召喚的英靈，協會的魔術師或許還有機會，小小的魔術士根本不可能一擊打倒那樣的怪物。

愣住的大叔也被吞了。

當我回神，活命的只剩我一個了。

我恐慌地亂發魔術，沒命地一路狂奔，分不清東西南北，就只是狂奔。連整套裝備都掉了也沒發覺，在黑暗中一股腦地跑。

後來不知過了多久。

我站在通道上發呆，忽然感到右手在痛。

「妳說右手？」

「啊，沒什麼，別在意。大概是逃跑的時候撞到了吧。」

胸口深處忽然一陣刺痛。

刺痛。罪惡感。

來自對少女說謊的自我厭惡。

右手疼痛是令咒顯現時的隨附現象，其實是說不得的，結果我說著說著就差點說出來了。這樣不行，我得設法隱瞞劍兵的部分。

有事情想隱瞞時不要說謊，要用其他事實蓋過去。

祖父是這麼教我的。

可是我沒那麼厲害。

說得愈多，漏洞就愈多。

「我不擅魔術，在急救方面倒是有點心得。」

「謝謝。我也會一點簡單的治療，已經沒事了。」

條件是背包裡的禮裝還在身上。

直到前不久，我簡直跟廢物沒兩樣。

但現在腰上有熟悉的重量。只要有大概是愛歌替我取回的背包，無力又笨拙的我也能做好幾件事。即使怎麼也做不到英靈那種超乎人類想像的超常技術，還是能幫上一點點小忙。

例如這樣。

我制止鐮刀少女繼續前進，在地面設置天秤型的禮裝。

然後在一邊秤皿上撒一點灌注過魔力的岩鹽。另一邊什麼也沒放，而天秤依然保持平衡。

「……天秤（Scale）啊，給我指示（Scale）、指示（Scale）、指示（Scale）……」

指示、指示、指示。

我不斷重複同樣的詞，吟誦咒語。

這得花不少時間，聽起來也很遜。魔術師見了會說魔術士就是差勁，唸起咒語一點美感也沒有吧。我也這麼覺得。看起來不怎麼帥氣，同一句話反覆唸將近一分鐘，途中想換氣也很難。

可是這的確有效。

刻劃於世界的淺薄魔術基盤透過魔術迴路啟動了。

魔術因而成形。

吹一口氣，飛出天秤的岩鹽便成為散發藍光的路標，指示安全路線。看，它在空中畫出彎彎曲曲的藍色軌跡，這裡果然有魔術陷阱。

雖然不曉得陷阱有些什麼效果，但應該都會致命。

「呼。」

發現陷阱了，成功！

即使沒有刺客那樣巧妙的技術，也無法瞬時找出陷阱，我也能像這樣並用魔術，勉強達成相同結果。若是一流魔術師，也許就能使用持續偵測危險的禮裝，或是用魔術視覺掌握周遭的一切吧。

而我有裝備也頂多是做到這樣。

但比起什麼也做不到的時候、比起什麼也沒有——是比較好一點。

「跟著藍色走就好了，來吧。」

「這是探索魔術吧。」

「嗯。」我對少女點點頭。「跟實際魔術師比起來沒什麼了不起，不過在覺得可能有陷阱的地方至少能做到這樣。」

「看得見路線的話，就很好躲了呢。」

「不好意思，如果能解除陷阱就更好了。可是我不認為自己做得到，所以能躲就躲，遇到不解除就無法前進的時候才會試試看……」

「我無所謂，只是……」她欲言又止。

「只是什麼？」

「妳可以感覺到周圍……有沒有陷阱？」疑問的視線、言語。

啊，那是因為——

該說是我的特性還是特質呢。

我也沒磨練到稱得上優點的地步，實在說不太出口。

但現在也沒有隱瞞的必要，大概吧。

——祖父說，我的眼睛叫做妖精眼（Gram Sight）。

在魔術世界、魔術師的世界這般充斥神祕與幻想的世界中。

「魔眼」一類是種特別的東西。

不過我的眼睛其實沒什麼價值，至少我這麼想。

只要稍微分散現實視覺的焦點，我就能隱約感受到周圍有無魔術或魔力存在。頂多能模糊地看見偏離人世的生命系統樹，不具明確實體地生活在祕境深處的幻想種罷了。看不見種類或細節，也沒有影響對方的力量。

以東洋的用詞來說，類似「淨眼」吧。

然而那還是遠不及淨眼。

熟練探險家大多擁有的「經驗和直覺」還有用多了。

我是經驗尚淺，才需要依賴這雙眼睛。

「沒什麼特別的啦。只是名字叫妖精眼，不是真的那樣，而且經過墳墓附近還會隱約看見幽靈，很恐怖。」

「看得見幽靈啊……」

少女的聲音夾雜了陰影。

我說了什麼不該說的話嗎？

道個歉是不是比較好。

才這麼想而開口時，我忽然想到一件事。

差點忘了。

這位似乎是槍之英靈（Rider）的少女——

「……槍兵我問妳喔，妳這個職階的技能裡有適合用來探索這類遺跡的嗎……沒有吧。

那妳是怎麼來到最底層的……？」

「我只是跟來而已。」

「？」

她答得很爽快，似乎沒什麼想隱瞞。

可是我聽不懂。

脖子不禁大大歪斜。

若是兒童取向的卡通動畫，頭上應該會冒出問號那種程度。

隨後，有說話的聲音。不是出自少女之口，當然也不是我的口。

而是來自少女拿得一點也不顯重的武裝——大鐮刀與柄的連接處。

「嘻嘻嘻嘻嘻嘻嘻！喂喂喂，這時候就該回答清楚吧！妳這個人話真的很少耶！要是人家以為妳很懂得偵測陷阱，妳一下子就會死翹翹喔！所以怎麼說呢，妳叫諾瑪是吧？我們就只是跟在你們後面慢慢過來而已。大概以慢一圈的距離，讓你們察覺不到，走陷阱怪物都已經清乾淨的正確路線。」

原來如此。

這樣我就懂了。

等一下。慢著，男人的聲音？咦？

我再蠢也不會聽錯，那不是少女的聲音，而是帶點挖苦的男性聲音。

我不曉得發生什麼事，也不曉得是哪裡的誰在說話，表情愈來愈慌張，而少女也顯得很為難地看著我的臉。

「哎呀，真是好險啊。」

神祕聲音又說話了。

聲音說他們順利來到第四層，到了前不久才終於中陷阱，滑到這裡來。

「真是個呆瓜。話說格蕾，妳還沒跟這丫頭報名字吧。」

「格蕾？」

咦，名字？

「不好意思，應該先自我介紹的。我……」

於是，灰色少女說出她的名字。

正如同我邂逅她時懷抱的印象。

格蕾。

英靈的真名？

可是我沒聽說過哪個拿鐮刀的英雄——叫這個名字——

ACT-5
Fate/Labyrinth

「格蕾，可以問一下嗎？」

「請說。」

「剛才對我講很多話的人，不是妳吧？」

「……並不是我。」

「這、這樣啊。嗯，我也覺得應該不是。」

瞬時間。

對我（諾瑪）來說，不是會去注意的剎那。

深戴兜帽的灰色少女稍稍點頭答道：「好。」

我們就此盡最大可能地警戒四周，小心前進。

沒有明確的目的地。我的最終目的只是活著逃離這座「迷宮」，而少女則是調查與脫逃。若只看字面，我們目的有部分重疊，或許能夠取得妥協。

不過她一定是英靈（使役者）。

來自武器的神祕聲音——也是某種寶具或技能的效果吧。

對我來說，我所謂的「逃離」就真的是逃到「艾爾卡特拉斯第七迷宮」之外，但格蕾恐怕不同。她「脫逃」的意思，說不定是需要擺脫亞聖杯的束縛解除現界，不再作為使役者。

可是。

我嘴唇開了又合，合了又開，不知道該怎麼確定。

怎麼也不敢直截了當地問她。

變得安於現況。

安於這座看似自然結晶洞窟的連續寬廣空間。

說起來，堪稱是「一條大路通到底」吧。雖然不時會左右拐彎，無法一眼看清接下來有些什麼，不算是真的直線，不敢說它沒有分歧。

但至少在我遇見格蕾至今這將近一小時的時間，都沒遭遇任何岔路。

能走的就是眼前這條路。

兩人都只能前進的狀況，使我變得消極。

折返沒意義，我們已經試過了。

回頭查看她落下來的地方之後，發現那在我的墜落地點後方五十公尺處，且剛好是結晶洞窟的盡頭。想出去，就只能走我們眼前這條路。

這裡確實是「迷宮」最底的第四層下方——

所以該稱作第四層半吧。

我就是掉進了這樣的地方。

若相信那個怪異的男性聲音，格蕾也是一樣。

我側眼偷看就走在旁邊的她。

即使側臉蓋在兜帽底下，我還是能透過洞窟壁面散發的淡淡魔力光觀察，其映出的鼻唇下顎輪廓。感覺上，她長得很漂亮。對，嗯。有這年紀少女的稚嫩。她比我和愛歌略高且有這樣的長相，不曉得她幾歲了。

若以最近遇見的人來形容，對，她就像聖劍——

想到這裡。

我重新端詳灰色少女。

「奇怪？」

我不禁出聲。

格蕾疑惑地轉頭過來，我連忙搖頭表示沒事。

放鬆警戒就糟了，所以我很快就往前方空間看去。

儘管如此，現在我已經知道少女現在的模樣，能追溯記憶來回想。嗯、嗯、啊，果然沒錯。我叫出聲的理由，是因為她手上的大鐮刀不知何時消失了。

尺寸那麼大的武裝，現在哪兒也找不到。

是解除武裝嗎？

還是有那方面的能力嗎？

劍兵和其他使役者也有同樣行為。例如覆蓋風系寶具的隱形劍忽然失去存在感，刺客的短刀在手上乍隱乍現，術士的杖也一樣。

不過她是術之英靈(Caster)，用的應該是魔術吧。

「……沒事，別在意。抱歉嚇到妳。」

「我沒有嚇到。」

「抱歉喔。」

道歉的話，倒是說得很順。

這將近一小時的時間，我都沒有任何明確請求。

格蕾說出了她的幾個目的，說我們的目標很類似，便與我同行。讓我起了點小小的期待，覺得只要默默地走，她就會一路跟著我。

我就這麼順從那也許是善意的行為，依賴著這樣的狀況、狀態。

可是，這樣不對。

這種事，即使是膽小消極的我也懂。

我們應該多認識一點，以了解彼此究竟能合作到什麼程度。我的戰力不足以活著逃出隨時可能有幻想種和合成獸（奇美拉）襲來的「迷宮」，而她幾乎沒有行進於「迷宮」的經驗。

我們只是自然而然地一起走。

路上，我一直很猶豫。

很想問清楚她的目的，正式請她與我同行——

就只是這麼簡單的事，卻讓我好害怕好害怕。

要是期待和願望落空了怎麼辦？

要是我被單獨丟在這結晶空間裡怎麼辦？

很容易往這方面想。喔不，已經在想了。所以才怕得不敢問。

——如果有個機會就好了，這樣我一定問得出口！

我在心中向「某物」祈禱。

對神已經祈禱過太多，所以換個對象。

我心裡想的，是愛歌在回憶之海中隱約見到的幾道光輝。

孤高和善的龍。

耀於極境的光。

以及宛如宇宙暗黑卻又具有窮極光輝的某處。

霎時間，我感到有人在耳邊竊語的錯覺。

好像在對我說，不可以這麼輕易許願。格蕾不可能那麼做，所以我聯想到的是「迷宮」中為消滅入侵者而配置的魔獸和幽靈一類，忽然毛骨悚然，停下來回頭查看。然後——

肚子叫了。

咕～

聲音柔弱得連我自己都覺得像是小動物的叫聲。

「啊……啊……」

回聲。回聲。肚子叫已經很丟人了，聲音還在結晶壁上輕易地反響。

臉頰反射性地發燙，不用一次呼吸的時間就紅到耳垂。雖然我膽小懦弱，平常倒還沒那麼容易羞得臉紅，偏偏在這時候忍耐不住。

「對、對了，諾瑪。我——

掉進這裡以後也都沒吃過東西呢。」

她是在幫我圓場嗎？

我赫然轉頭過去，和她對上眼睛。

訂正，是我自己以為對上。其實有兜帽遮著，看不清她的眼睛。

總而言之，我已做出決定。既然都落水了，就上她這條船再說吧。我擠出僅有的勇氣停下來，她也跟著停下來。

「是喔，那我們就來吃、吃點東西吧。」我支支吾吾地說。

「也好，我同意。」她點了頭。

「嗯……」

完全露出一張大紅臉的我仍想掩飾而低下頭。

解開裝在腰際的探索背包擺在地上，拉開耐用的雙重拉鍊開啟袋口。探險家中有的人甚至會上魔術鎖，但我不同，誰都打得開。

我不想死，也不接受死亡，但萬一真的死了——

我希望同伴或未來的探險家，能在發現我的遺體時可以繼承我的裝備或補充物資。可惜這個高尚的想法不是我自己原創，而是我們家祖宗代代傳下的規矩。

打開背包。

取出隨身攜帶的乾糧，還有水壺。

啊，補充水分！

我的腦袋到底是多遲鈍，緊張成這樣也未免太差勁了。

直到這一刻，我完全了定時補充水分對人體是多麼重要！

「要喝水嗎，格蕾？」

「啊，要。非常、謝謝妳。」

「那個水壺妳先留著吧，我這還有三瓶。喝完再跟我說。」

「好。」

格蕾就這麼在我眼前收下銀色的不鏽鋼水壺。

當場喝一口。

咕嚕，少女的喉嚨發出可愛細響。

忽然有個疑問。英靈需要補充水分來維持乙太構成的身體嗎？

劍兵是有適時補充營養和水分，但她是有別於其他使役者的特例，不能用她的標準來衡量其他使役者。因此，我一路旁觀愛歌與劍兵的探索而得來的經驗在這裡不一定有用。

「嗯？」

一邊想一邊更往背包裡頭摸索時——

我發現了不該發現的東西。

並以觸覺與視覺確認到不應該存在的東西出現在我的背包裡。

不是在我收各種禮裝或觸媒的地方，也不是收紮營道具的地方，它理所當然地擺在我堆放糧食的位置。沒錯，不只是在裡面，是被擺進去的。

端端正正，感覺很優雅地。

就在只有攜帶性可取，根本沒滋味可言的乾糧上。

愛歌親手做的便當──

孤零零地，以比任何東西都顯眼的方式座落在那裡。

──關於不斷奪去入侵者性命的「艾爾卡特拉斯第七迷宮」構造。

──如前所述，與行星魔術陣有關的說法最為有力。

眾所皆知，行星魔術陣是十六世紀的魔術師阿格里帕所提倡的。

這些融入卡巴拉思想的魔術陣，與太陽系各星球相連。

這次的「迷宮」，很可能是對應太陽魔術陣而設。

調查與檢驗都還不夠——

但可以推測，每層都設置了六次魔術陣，也就是太陽魔術陣。

魔獸與合成獸的配置方式，想必也對應於魔術陣。

我也對失蹤於「迷宮」內的徒弟說過這推論，但當時我打算晚點再具體解釋，只有在路上簡短介紹，不知徒弟能否完全理解。

根據這假說可以推測，寇巴克・艾爾卡特拉斯這位舉世聞名的稀世迷宮創造者，可能是基於某種見解而建造了這座「迷宮」。

建設一座棲息著眾多現代所不會有的幻想種，對應於太陽的「迷宮」。

這行為究竟有何意義？

太陽魔術陣總共有六六六列。

顯然地，這是新約聖經最末章所記載的「獸名數目」。

雖然有人說那是寫來非議那位古暴君的預言書。

不過目前資訊仍不足以斷定這只是巧合。

現階段，只能等徒弟回來了。

在傳說中的「迷宮」這個匣子裡，究竟是什麼沉眠於此？

後來改造迷宮的人，又是為了什麼？

「不會吧，是便當……！」

「妳的食物怎麼了嗎？」

「對、對啊。嗯，就是出現了不應該存在的東西之類的。」

它怎麼會在這裡？

我（諾瑪）反覆眨眼，觀察鎮坐於背包裡的便當包裹。

它實際存在，並不是幻覺。

沒錯。沒錯，說起來，這或許不是不可能的事。

這探索背包回到我腰上這件事本身就是不明原因的狀況了，裡面有其他東西並不值得訝異。理論上是這樣。就算裝了炸彈之類也絲毫不足為奇。

喔不，不不不。

既然是妳給的奇蹟，應該不會有這種事吧。

「……愛歌，這是妳為劍兵做的吧。」

我喃喃地說。

她扭曲了空間，將各種糧食和材料收藏在裙襬之下。

而其中一樣，來到了我的背包裡。

我也想過這應該要交給劍兵。

不太敢、不太好意思去碰它。

但是，我實在——

也很想知道你們吃的東西是什麼滋味。

在那個我以為是肉體一角的地方，我主要是將視聽覺與身體同步。或許再加把勁，味覺也能同步，但感覺還是跟完全握有主導權的狀態不一樣。

我想在十全狀態下體驗愛歌的料理。

這麼想的我——

「對不起。」

像日本人般雙手合十。

從探索背包中取出愛歌留下的「便當」。

裡面是愛歌特製的迷宮式三明治。

用樹精根切片當吐司，夾著先蒸再烤的水鳥腿肉薄片和大型食人植物的葉片與果實。我仍記得試吃時同步味覺而得到的感受，所以想試試看有無不同。口感、味道和吞嚥時的感覺都要。

以凱爾派的水袋適度保溫的三明治摸起來涼涼的，很舒服。

——我開動了。

——我會留幾個給劍兵的——

希望能交給她。

真的希望。

我也應該將主人愛歌已經離去的消息告訴這位騎士王。

如果我能更有勇氣、有膽量，能有條有理地解釋就好了。

「看起來很好吃嘛！就跟她到底吧，格蕾！」

「亞德，你別急。」

格蕾右手一帶傳出聲音。

又是那聲音。

我即刻看過去，與少女手中提燈裡的那個對上了眼。

那是什麼？那是誰？會說話，所以有人格？

寶具？使魔？魔術禮裝？

思考幾種可能的我，忍不住做出打招呼的動作。

對方，是擺在鳥籠般容器中的長方匣。

上頭有——看似眼睛嘴巴的裝飾。

「那、那、那是什麼東西？喔不，那是誰？」我一面想著亞德是他的名字嗎？

「我覺得妳一定會嚇到……所以一直很猶豫該不該告訴妳。」

少女靦腆地說。

即使點頭表示「放心，我沒嚇到」，臉上仍滿是藏不住的驚愕。

曾有篇文章提到，在聲音並未經過複製的情況下，若對方能自在且流暢地對話，無論是幻想種還是人造人，都是具有高度智能的象徵。好像是祖父的藏書。可能弄錯了吧，現在想不起來。

不愧是英靈。

不管用什麼等級都很高。

儘管事前就預料到可能會有這種事，見到實物還是很震驚。

「在休息就比較沒問題，是吧。」

「對、對呀。我、我、我沒問題。剛才也聽過這個聲音嘛。」

「嘻嘻嘻嘻嘻！可是妳臉色還真難看，怎麼怎麼，怪物的巢穴跑來了一個膽小鬼啊？小姐妳真有意思！」

「咿！」

他喊我的聲音之大，使我不禁身體僵直。

沒事、沒事。

不怕。我不怕。現在沒事！

感覺他說話的內容，也是一種親切的表現。

既然擁有高度智能，就好好回答他吧。對，想想那時候，想想直接對我的意識給予死亡謎語的人面獅身獸。那是我人生少數絞盡勇氣的場面啊。

我說得出口。

我做得出在這種場面、這種局面不會被對方當傻瓜看的智能反應！

「你……你會說話……」不行，我完全不行嘛。

「會啊！我當然會說話，誰叫格蕾（這傢伙）根本不說話。」

「亞德你等等，先讓我解釋。」

「我——簡單來說是禮裝，而且是非常特別的禮裝，也就是格蕾的監護人啦，知道了吧！不是我自誇，這麼會說話的匣子可是打著燈籠都找不到的喔！」

「監護人……」略顯不滿的聲音從兜帽底下傳來。

「不過呢，這裡也真是的，一下是吃人的假妖精，一下是想也想不到的三明治，說不定沒想像中那麼缺食物喔。我們掉下來之前都沒遇到什麼怪物，肚子實在餓到受不了了呢。」

食物？

我的確聽見了。

假妖精指的就是臉縱向裂開的那個生物沒錯吧。

那可是襲擊我的怪物。居然把那當食物來說。

「啊？妳那是什麼表情？喔，我啊——」

「亞德是捕食魔力。他有那種功能。」

「這樣啊。」

好厲害。真的好厲害。

我想那指的是藉由接觸或破壞來吸收魔力吧。

魔術師是以人體所具備的小源（原力）魔力施展魔術，據說對他們而言，如何即時補充魔力是永遠的課題。大多時候，他們會以魔術禮裝作為增幅或補充魔力的手段。愛歌在第一層第一個房間所創造的結晶，主要就是為此而造，也已經消耗。

對寶石灌注大量魔力之類的魔術，我也時有耳聞。

可是需要捕食，從對象吸取魔力這種事……

就像幻想種會做的事。

而且，對，也很像使役者。

受亞聖杯影響而現界的英靈，可藉由「攝食靈魂」來補充魔力。僅以這場亞聖杯戰爭而言，甚至能用禮裝等魔術器物補充魔力那些大膽的作法，不過——

現在出現了本身會做這種事的禮裝，就在眼前。

如果是英靈的裝備，或許就不是那麼稀奇的能力了吧？

「妳要發呆到什麼時候啊？喂～小姐！」

「啊！唔，嗯。沒事，對不起喔，亞德……格蕾，我們來吃吧。」

「好。」

「開動了。」我雙手合十，這是愛歌做的日本式。

「開動了。」格蕾也一樣，是模仿我的嗎？

在藍光璀璨的結晶洞窟中。

我和格蕾兩個人啃著三明治。

啊啊——

真的好好吃。

不只是不錯，是非常好吃。

在愛歌邊做邊試吃時，我同步味覺所嘗到的口感，跟實際嘗起來只有幾成差異。果實比番茄還多汁，葉片比萵苣還要爽脆。當初那麼凶暴的水鳥，如今肉片軟得入口即化。

此外，樹精根的切片也很有趣。

口感類似東洋的年糕，每次咀嚼都有不同滋味。

擔心會有危險魔術反應的心情不由得作祟，可是不管。

愛歌親手做的菜實在是，啊啊，美味得教人讚嘆。

「好好吃喔——」

格蕾吃了一口，感想便脫口而出。

那是令人鬆一口氣的柔和語氣。

她用雙手拿著三明治，很感興趣似的仔細觀察。一會兒後，我感到她對我瞄了幾眼。遮在兜帽下而看不清的眼眸，似乎有話想說。

「真好吃。嗯，謝謝。」

我開心得像三明治是我自己做的一樣。

回點話吧。

做出這三明治的人，是已經不在這世界的妳——

該怎麼描述才好呢。

啊啊，不。不行，不可以，我說不出來。

我沒告訴格蕾愛歌的存在。

一度隱瞞，就應該隱瞞到底。英靈原本是不須進食，但由於劍兵性質特殊，愛歌被迫保留食物並烹調，卻都做得輕而易舉。這些事都要瞞。

嗯？等等，有點奇怪。

英靈，使役者？

肉體由乙太構成，只是暫時。

沒有正常生命活動，以魔力運作。

「這麼說來，格蕾，妳……」

「怎樣？」

「妳是使役者，怎麼也會肚子餓呀。呵呵，就像劍兵一樣。」

「劍兵？」

——對，只是格蕾食量小多了，和絢麗的騎士王不同。

說到這裡。

我所有動作全都停了。

進食相關的行為、對話、眨眼，甚至呼吸，都停了幾秒鐘。

灰色少女的動作也戛然而止。

沒錯，她不可能聽漏。啊啊，我終於犯錯了。明明知道說得愈多，就愈是可能說溜嘴。

這不叫粗心到極點，不然叫什麼？

我是亞聖杯戰爭的關係人。

見過劍之英靈（saber）。

原本想隱瞞的事，就這麼輕易地、口無遮攔地說了出來。

怎麼辦？

該怎麼掩飾，還是說——

——不，全部說出來就好了。

又有人對我耳語的錯覺。

這一刻，我似乎不由自主地點了頭。

啊啊，既然我都自己說溜嘴了，就應該全說清楚才合理。

合理。合乎道理。

儘管現在的我身上沒有任何道理可言。

我，諾瑪·古菲洛仍斥罵著自己打開雙唇。

「……對不起。

有些事，我沒有告訴妳。」

我繼續斥罵著。

斥罵自己輕易洩密的愚蠢？不。

斥罵自己說個不停的疏忽？不。

不對，不是那樣。

我罵的是見到灰色少女毫不懷疑地吃下我給的食物還說好吃，甚至讓我知道她有會說話的禮裝（亞德），卻依然懷疑她、害怕她，到最後的最後仍不肯相信她的自己。

即使不及英靈。

即使毫無榮耀。
即使完全做不到戰勝怪物拯救蒼生的偉業。

對於釋出善意的人。
我至少，也該以善意回應。

倘若結果是必須賠上性命……
我也會害怕，我也不想死。
一定會抖得很難看。
但死了就死了吧。
畢竟這條命——原本就是格蕾和亞德救回來的。

從四騎英靈眼前——
沙条愛歌突然消失。

以誤中陷阱的形式消失。

如此註記，或許會讓人以為她的消失是陷阱效果，然而前者或許是後者的原因，後者卻不一定是前者的必然結果。暫時合作的四騎英靈都有這樣的認知。

首先，愛歌消失了。

身穿翠綠連身裙的嬌柔少女消失了。

或者說變質了。

中陷阱而更往下掉的，是另一個人。

作為劍兵的主人、確實擁有令咒的人類、魔術師愛歌，真的是在觸動陷阱前就消失了。可能是由於敵人——幻想種或合成獸的魔術妨礙，或是事先誤觸過其他陷阱所導致，但英靈們依然導不出正確答案。

少女消失已逾一小時。

四騎英靈不得不為下一步行動作打算。

而結論就是「搜索沙条愛歌」。

擁有最大續戰力的劍兵若想發揮十成力量，主人是不可或缺，結論便順理成章地定下了。而促成這結論的關鍵，是陷阱啟動後送入劍兵腦中的影像線索——一座「結晶化的洞窟」。某騎英靈說，那可能是愛歌的救難信號。

結下契約的主人與英靈之間能藉無聲之語對話，所以可能是這類效果。

問劍兵能不能對話，劍兵搖了頭。

表示再怎麼呼喚都沒有回音。

「到頭來，要做的事還是沒變啊，大哥。」

「此處就是這樣的地方，無可奈何。」

帶頭走過陰暗通道的弓兵和刺客說得沒錯。

行為本身並沒有變，就是繼續在「迷宮」中探索。

亞聖杯事先提供給英靈的知識中，提及第四層即是「迷宮」最底層，但愛歌——不，在那之前仍是愛歌的人物顯然是更往「下」掉了。難道第四層底下還有其他樓層？會單純是以墜落、尖刺或魔術取人性命的致命陷阱嗎？

無從知曉。

有主人的劍兵並未消滅，這事實表示既是愛歌亦非愛歌的不明人物仍然存活。然而騎士王曾說，因令咒而產生的聯繫現在變得微乎其微。

緊接在她消失後的影像。

是她唯一留下的線索。

「還是用魔術或劍兵的寶具直接打穿樓層比較快吧？」

「太危險，要是誤擊主人就本末倒置了。」

「說得也是。前提是那位少女還是妳的主人。」

「……我知道。」

劍兵和術士之間，迸出旁人看不見的火花。

已經是第幾次了呢。

這一小時左右，這種對話和氣氛已經有過三次。

「真是的。」弓兵很刻意地聳肩嘆息。

乾脆解放寶具或用大魔術等強硬手段破壞第四層往下走之類的建議，路上已經有過很多次，可是都像這樣被劍兵拒絕，刺客也似乎是以沉默表示反對。

總之，目前除實地探索外，沒有其他救援手段。

至少四騎英靈不會選其他手段。

「我們現在離小姐墜落的位置愈來愈遠呢。」

「然而，我們還是得先蒐遍此層每個角落。」

「好好好。刺客大哥你還真講義氣。」

「總不能放著純潔少女成了怪物的點心。」

「是喔？」弓兵聳聳肩。「你只看一眼就知道她純潔啊？」

白色面具沒有回答，注視前方。

毫不疏忽。

毫不怠慢。

因為有保持警戒的必要性。

現在團隊失去核心。

少了愛歌，四騎英靈應該都有感到搭配效率顯著下降。若只論戰鬥能力，術士一騎即可填補愛歌施放的所有魔術，但由於四騎英靈性格特性各自不同，愛歌這個居中聯繫兼緩衝的角色是無可取代。

她時而笑呵呵地給予稱讚，又時而以天真的揶揄或玩笑緩和氣氛。

如此簡單的動作，究竟帶來了多麼巨大的效果？

這群超常至極的英靈，現在只有勉強算是探索隊的功能。

畢竟他們對亞聖杯的立場本來就不一樣。

尤其如先前對話所示，劍兵和術士的關係並不好。

要不了多久，雙方就會真的起衝突吧。

走在充滿寂靜的「迷宮」通道中，解除、閃躲各式陷阱，搜查、探索各個房間，打倒不停來襲的敵人，偶爾發現可以補充魔力的禮裝——四騎英靈就這麼持續前進。

回復用的禮裝，明顯不足以補充連番戰鬥的消耗。

特別是劍兵，等同沒有補充魔力的手段。

擁有主人的優勢，現在已經不存在了。

「依我看，愛歌是已經死了吧，劍兵。真是可惜。」

「還沒有證據。」

「呵呵，別逞強了。雖然妳的寶具很厲害，但妳的魔力已經不夠解放真名了吧。妳還能維持現界多久呢？」

「術士，妳閉嘴。」

比劍刃更尖銳的言語，在通道中迴響。

騎士王的回答，聽似預告亞聖杯戰爭再啟的號角。

「差不多是極限了吧。」

就在弓兵以只有刺客聽得見的音量呢喃之後。

一行人來到與過去景物不同的空間。

印象上是並非人造的自然洞窟，不過地面、壁面和洞頂都結滿了蘊含魔力的結晶。整個洞窟都散發著淡淡的光，甚至不需要藉魔術照明也能擁有清晰視野。

這豈不是「結晶洞窟」嗎？

「難道這就是小姐告訴我們的……洞窟？」

「還不曉得呢。」

「喂喂喂，大哥，怎麼這時候突然起了疑心啊。」

「由於我們走過許多向下傾斜的通道，不難想像第四層底下可能有這般空間。因此，我並不懷疑此地存在。」

「那你是什麼意思？」

「我的意思是，我們還不曉得算不算平安抵達呢，弓兵。」

「喔，也對。」綠衣英靈喃喃地注視前方。

視線彼端的空間，規模與前三層有首領級怪物等待的大廳截然不同，廣大到會令人忘記這裡是「迷宮」內部，甚至以為是頭上會有天空的外界，其中，有樣東西。

它巨大的質量填滿了這空間。

非常明顯，無疑是「敵人」。

比城塞更堅固。

比烈焰更熾熱。

比狂獸更凶猛。

全身散發幻想種般的神祕威風，又具有合成獸般的多種生物特徵，又如機械人偶般無懼於任何精神控制，完全是為戰鬥而生的魔術器物。

四肢包覆比之前更厚的硬甲，一對脖子又粗又長。

——毋庸置疑，那是這「迷宮」中第二架人造之龍。

其名為龍魔像（Dragon Golem）。

或稱仿製龍力（Dragon Dyne）。

與第三層首領有部分相似，但大多不同。

首先是身體。體型大了一圈，全長達二十公尺。

再來是魔力。從胸部明滅的鮮紅魔力光，可以窺知它具有前一頭所無法比擬的魔力，表示其軀體深處有具極為大型的魔力爐正在運轉。

然後是頭部。

有兩個形狀相同的龍頭——

近似古代稱為雙頭蛇，到中世紀歐洲改變形象的雙頭龍（Amphisbaena）。

每一根尖牙所含的魔力，都十分接近真正的龍族。

恐怕連頭顱乃至全身骨骼，也大多是由真正的龍族骸骨所構成！

「……那算是最後的障礙吧。」

劍兵已經站到最前方。

術士也不再出言挑釁，暗誦近似咒語的神言。

四騎英靈身上同時加載強化防禦的魔術。這是有如防護膜，在提昇耐力屬性的同時還能吸收傷害的神代魔術，堪稱無形的魔力鎧甲。

「這真是太棒啦。」弓兵嘴角揚起。

「少挖苦我。那可是有兩三座魔力爐也能自由活動，不會自毀的魔像。我實在是不怎麼喜歡和那種毫無美感可言的東西打交道。」

「所以妳這魔術是安慰一下而已嘍？」

「你要怎麼想都好。」

「感謝。對先天拙於防身的我而言，形同千軍萬馬。」

刺客摒棄所有揶揄，身形融入空間而消失。

他發動的斷絕氣息技能，能從任何探測光影、溫度、聲音、魔力的感官或器具不留痕跡地隱形。再怎麼高科技的機械，再怎麼優秀的探測魔術，也無法追蹤進入這狀態的刺客吧。

儘管這狀態在準備出手的瞬間就會解除，但除非對方是近身戰特化的使役者，否則絕不可能避開這出自極近距離的偷襲。

「拜託啦，大哥。」

弓兵也只留下了聲音。

那是傳奇防禦，寶具造成的效果。

藉由原理和性質都與斷絕氣息不同的透明化隱藏身形，以對方無法認知的遠程攻擊摧毀目標。若與其他寶具並用，對生物型敵人堪稱無敵，然而光是呼吸就能震撼結晶洞窟的人造雙頭龍並不是生物。

在這樣的狀況下，能做的頂多只是牽制吧。

但那也是非常重要的工作。

縱使劍兵的聖劍能使出無比強大的絕技，也需要一段預備時間。

對上前一架龍魔像時，四騎英靈得出了天衣無縫的最佳解。

如今會是什麼結果？

魔術投射搭配遠程攻擊的牽制，能成功使仿製之龍出現破綻嗎？

答案是否。

「AAAAAAAAAAAAAAAAAAAAAAAAAAAAAA——！」

兩個龍頭開始間隔地放射魔力！

儼如熱線，也可謂是閃光的噴吐。

三座大型魔力爐並聯運轉所輸出的龐大魔力變換為魔力光的形式，掃蕩周圍空間，射角完全可達三百六十度。自由放射的光柱將雙頭優勢發揮至極，同時化為沒有明確目標而造成的猛烈爆風，不分你我地轟向四騎英靈。

有如縱橫無阻地揮掃直徑數公尺的閃光之劍。

能否避開這形同天災的攻擊，已經只能靠運氣。

「……！」

消失了的刺客也在閃光灼燒下顯露身形。

重重摔在結晶化的地面上。

就在巨大的金屬腳掌予以痛擊之前，劍兵以爆炸性的推進力衝上前去阻止了它。雙手將聖劍架過頭頂，用劍身卸開那超質量的踩踏攻擊。

面對著稍微失衡的龍魔像，騎士王一手抱著刺客向後退。

後方，術士已經設下特化於抵擋魔力放射的防禦結界。

「要我一個人去打它嗎！」

只聞其聲的弓兵，從隱形狀態射出箭矢。

目標是龍魔像頭部的探測器，然而以熱能形式洩出魔力爐的強烈魔力殘渣，還在空中高速射來的箭已被輕易融解。

「還有這樣的喔！」

咂嘴一聲。

隨後，閃光掃過發出聲音的空間。

「這傢伙很難搞喔，看來搞不好會有人倒在這裡喔！」

「的確。」

以結界抵擋雙頭龍的連續噴吐之餘——

術士不斷以新結界替代遭破壞的結界，並點點頭。

面帶令人聯想到某種結局的危險微笑。

「那個我們所仰賴的劍兵寶具，其實真的是已經不能發動了吧。」

這預測、預想、預言。

若完全為真，這四騎不會有勝算。

除非——

即使不能像英雄那樣行動。

在應該面對的時候，也該拿出勇氣。

好比此時此刻。

我——

諾瑪・古菲洛對格蕾娓娓道來。

說出對亞聖杯戰爭的所知。

說出對「迷宮」的所知。

以及在愛歌活動時透過肉體的視聽覺所見聞的每一件事。

我沒有被殺。嗯，格蕾沒有殺了我——連生氣的樣子也沒有，還說我們不知道彼此身分，這也是沒辦法的事，若她和我同樣立場，說不定也會和我一樣。亞德驚訝得大罵：「這種事一開始就該說清楚好嗎！」我連連道歉。

「我不想和使役者戰鬥。」

也許是顧慮我，她答得很直接。

沒有與四騎英靈交戰的意思。

所以即使得知他們的情報，也不會用在消滅他們上。

我也聽得出來，格蕾是這樣的意思。

於是我點點頭，深呼吸一次後繼續說。

據實說出我以自身觀點見到的事。

劍兵現界。沙条愛歌對我的某種附身狀態。魔像、凱爾派、食人蟲群、戰鬥自動人偶、合成獸等各種路上遭遇的眾多怪物。具有龍族形體的魔像。

「你們打贏那麼誇張的東西喔，太厲害了吧？」

「我和亞德當時都有感到魔力的劇烈增減……沒想到對手那麼可怕。」

「嗯～真可惜。早知道有那麼多大餐在那裡吱吱喳喳，就不故意慢一圈，大搖大擺地追上去了。喔不，直接超過那四騎英靈也行，是吧！」

「……我覺得會先被陷阱害死。」

「是沒錯啦！」

對於英靈這些超常的象徵，他們的反應感覺很純樸。

不過就算是留名青史，刻於英靈座的英雄，年代愈接近現代，距離神祕與幻想的時代就越發遙遠，生前沒遭遇過任何魔獸也不足為奇。沒錯，格蕾也許就是其一。

假如令咒沒有隨愛歌一併消失，我能利用主人的基本能力，更明確地掌握她和亞德的屬性嗎？

不知道。

現在別去假設不可能求證的事好了。

「嗯，自己亂跑很危險。」

我點頭說道：

「那四騎英靈就是因為暫時停止互鬥組成隊伍，才能夠克服那麼多危險吧……像愛歌也說過，雖然劍兵比誰都優秀，恐怕也很難獨力打進最終層。」

「劍之英靈啊。」

「對。」

我再度點頭，稍微沉默。

我已說出所見的一切。

劍之英靈。

不負最佳使役者之稱，因其傳說而威名遠播的最佳英雄。

國籍上作為英國人、在不列顛島上長大的我而言，是耳熟能詳的英雄，所以特別敬畏。

那是擊敗眾多外侮，甚至前進大陸逼退羅馬帝國的騎士王。

在魔術世界中，是「星之聖劍」的使用者。

且以「聖槍」打倒最後敵人，大逆不道的莫德雷德。
墓誌銘為「曾經為王，終將成王」。
其真名是——

「……亞瑟．潘德拉岡……？」

咚地一聲。
情緒掉了下來。
少女（格蕾）發出的聲音不帶任何色彩。
語調甚至令人相信，她臉上一定也失去了表情。
這時，我才第一次發現——
格蕾蓋在兜帽底下而看不清，以灰色為主的眼眸，似乎與騎士王有些神似。
美麗
明豔。
同樣蘊藏光輝碎片。

ACT-6

Fate/Labyrinth

灰色少女她——

喃喃說出騎士(劍兵)王的真名後，愣了幾十秒。

我喚了好幾次「格蕾」，她才恢復原來的神態。

好長好長的幾十秒。

後來，我們有幾句對話。

於是繼續向前走。兩人一起走進結晶化的洞窟中。

算上亞德就是三個，我們慎重小心地步步向前。

不久後，我們到了奇怪的地方。

穿過樣式不甚陌生的鐵門——

來到顯然是人造的石砌廳室。

那是個明亮奢華的房間。

印象是紅色。鮮紅色。地毯和牆上的布幕都給人這樣的印象。

不知為何，我覺得是謁見廳。也就是王公貴族等與百姓處處不同的高貴人物接見賓客用的大房間。天花板好高。深處擺了一張很有童話氣息的金色寶座、鋪在上頭的厚毯、繪有獅子與龍的誇張紋飾布幕，都給人那樣的印象與氣氛。

在那裡——

即使我一眼也從未見過。

即使我不是專家。

啊啊，我也覺得那無疑就是它。

——聖杯就在那裡。

存在於空間之中的黃金杯。

不是飄浮，是存在。

絕不是受到任何機關或器械的影響而飄浮。

高密度凝聚的魔力、無形的漩渦、無焰之火……腦袋接連冒出如此形容，但我的知識與智能肯定不足以捉摸。就只是像這樣看著眼前的物體，肯定它就是聖杯、亞聖杯的感覺不斷湧上。

同時我也明白房間為何明亮。

就是它。聖杯所散發的無色魔力光照耀著周遭。

「不會吧……」

我不敢相信。

因為我和格蕾只是同意「一起尋找出口」。

我們共享彼此所認知的所有資訊，而她似乎顧慮我的安全，答應以我平安脫險為最優先。亞德說幾句玩笑話，我們笑一笑就點個頭繼續向前走。

但是，現在居然——

亞聖杯。

英靈(使役者)們的最終目標，竟出現在我們眼前。

難道、難道我們真的抵達了最深處？

中陷阱跌落才是正確道路？

不，先冷靜下來。

不對。連通這大廳的門不只一扇。除了我們所開的門，還有一扇大門，說不定那扇門才是正道。若能不中陷阱，順利越過我跌入的陷阱，可能就能從那扇大門登堂入室。

就在我近乎忘我地凝望亞聖杯當中。

格蕾有了動作。

不出一點聲響，使亞德從匣子變化成「巨鐮」型態。

不需要問為什麼。

明顯進入戰鬥狀態的格蕾視線另一頭——

有個人從寶座後現身了。

「居然來了兩位這麼可愛的客人，真是意想不到啊。」

是個陌生的高瘦男子。

黑衣白膚。

沒錯，包覆在黑衣底下的皮膚未免白得太奇怪了。

漆黑魔人。蒼白永續者。鮮紅收割者。

這些詭異的字眼之所以自動降臨在我的意識，啊啊，都是因為我這雙眼睛自動且被動的功能，我也無可奈何。妖精眼，我這雙無法自由使用，根本算不上才能的眼睛告訴我，這個高瘦的男子，面帶令人心裡發寒的微笑對我們說話的人物絕非善類。

因為他——

只是具有人類的外形。

「你不是……人類……？」

「喔？妳是用魔術加強過視力，還是有魔眼之類的呢？」

他沒否認。

啊啊，果然是這樣沒錯。

即使我的眼睛看不出黑衣魔人的真面目，若能看出他不是人類，我自己也能設法歸類。

他不是人，也不是在這座「迷宮」到處遭遇的合成獸（奇美拉）、魔像、或自動人偶一類。更何況我曾讀過關於製造人型自動人偶的技術早已失傳的文章。

而且，對，他也不是英靈。

所以他是——

「作為彼此都是有智能的存在，我們就從自我介紹開始吧。」

魔人誇張地鞠躬行禮。

「我名叫沃爾夫岡・浮士德，人類（你們）將我歸類為古老的幻想，神祕的具現，並不存在於正常系統樹的物種之一。沒錯，地中海一帶慣用拉繆洛斯（Lamyros）等名稱稱呼我族——聽說過嗎？」

魔人一手按於胸前。

優雅，高貴。

具有男性形體的某物，確實有貴族般的風範。

身懷貴族至高無上的驕傲，高高在上地俯視滿地爬的可悲眾生。

他就是給人這種感覺。

若不是在這種狀況下，說不定我已經在地毯上磕頭了。

可是我辦不到，不可能辦到。要是我那麼做……

一定會被他輕易殺死。絕對會。

就像口渴時拿到果汁那樣，大口飲盡我的血、我的命。

「吸血鬼（拉繆洛斯）。」

我跟著咀嚼零落出脣間的詞。

死而亦生，生而亦死，汝名為拉繆洛斯。

古希臘說中的怪物。貪食者。夜行者。

東歐的吸血怪物死催戈，成因有罪孽深重之人死後而成、人遭怪物殺死而成，或死於重詛咒而成等等，眾說紛紜。

但拉繆洛斯不同，他們全都是原本就與死亡相伴，貪食生命。

說不定與神代怪物拉彌亞有所關聯。

看似人類，卻完全是不同的東西。

人型的死亡怪物。

在眼睛給我的認知下，我只能這麼形容他。

人型的幻想種。

或者說，對——吸血種！

「死徒……？」

格蕾的低語使我搖頭。不對，不是那樣。

他與魔術世界偶發的「魔術師所變成的生物」完全不同。

「啊，不對。妳弄錯了。」

右、左、右、左。

拌著嘖嘖嘖的咂嘴聲，魔人的手指如節拍器般晃動。

就連他指尖的一小片指甲，都凝聚著大量魔力。就算不會像傳說那樣變成銳利鉤爪，光是碰一下，我說不定就要出事。例如全身麻痺無法動彈，或是魔術迴路變質、精神錯亂之類。這樣說不定還算好，全身血液從接觸點被他吸乾也不奇怪。

吸血魔人。

以人命為食的永生者。

「這位小姐，戴著兜帽與我對話這點無禮之處，我還可以原諒，但請別將我和那種東西混為一談。這可是會扣分的。」

態度溫柔得很詭異。

表情彷彿是在憐憫即將宰殺的牲畜。

並勸導犯錯的孩子般，輕聲細語地說：

「在這個人理以生命形式脈動，不時能藉由儀式，以使役者之形式召喚英靈等幻想與神祕的世界上，人所變成的死之怪物力量是何等地渺小。倘若襲擊活人，以吸食血液和生命換取長生不老的吸血種出現在這個人理脈動的世界，理當屬於幻想、神祕的具現一類。」

「你是說……那就是你嗎？」格蕾維持戰鬥架式問道。

「答對(Yes)了。」

高階幻想種。

活生生的幻想、神祕，不容質疑的超常現象。

宵闇之王。貨真價實的怪物。

不知該分為幻想種中的魔獸、幻獸還是神獸。

或許是龍族那樣的特例。啊啊，早知道就多讀點祖父的藏書了。貴重的書籍我幾乎都沒讀完，對吸血種的所知很膚淺。

「我是千古之身，也是艾爾卡特拉斯故後『迷宮』現在的支配者。更進一步地說，是這亞聖杯的所有者，也是亞聖杯戰爭的實驗主導者。」

「實驗？」

「妳沒發現嗎？這全都是為了實驗喔，灰色的小姐。對於人類的知識和技術，我始終懷有一定的敬意與關切。也曾經一時興起，稍微涉獵魔術師這人類的亞種所積攢的技術。」

拜託停下來。

這個魔人為何如此接二連三地揭露自己的身分和資料？

惡寒、驚恐，這類討厭的情緒由內而外地逐漸充斥我的全身。

光是偶遇傳說中的吸血種，就是令我難以承受的狀況。我好害怕、好害怕，雙腳早就抖個不停，寒意重到我開始頭痛。沒有嘔吐或昏倒，純粹是因為灰色少女在我身邊穩穩地舉著巨鐮（亞德）。

神啊，噢，神啊。

拜託別讓那個魔人繼續說下去。

拜託讓他直接指著其中一扇門說要回去請往那邊走。

我將思考浪費在一點用也沒有的祈禱上。

對，想這些也沒意義。

「我什麼也沒有，就只有近乎無限的時間。這讓我我習得眾多奧義，如今甚至能將亞聖杯和『艾爾卡特拉斯第七迷宮』都操之在手。」

「魔術師寇巴克・艾爾卡特拉斯是你的……」

「喔，他不是我師父，但我們不是沒有關聯。總而言之，我在取得足夠必需材料後就開始實驗。實驗的目的，是用亞聖杯召喚英靈這些又名使役者的——類守護者，然後抽取他們的靈核。」

當然，我愚蠢的祈禱不會成真。

再說我本來就弄錯了祈禱的對象。

魔人還提到。

這座「迷宮」中的亞聖杯戰爭是他的魔術實驗。

除了自完工時就已存在的幻想種、合成獸與寶箱內的禮裝外，他再加入其他機關並從新設置，而且都是他親手所為。

「咦……」

那這些——

我不禁發出疑問聲。

到底是為了什麼？我想這麼問，但舌頭不聽使喚。緊張得過度呼吸，使喉嚨枯乾得說不出話。因此我加快思緒，並使其翻轉。內外顛倒，轉換發想。

改造「迷宮」是為了讓英靈更容易持續補充魔力？不是。

這是以充滿死亡威脅的封閉空間為舞臺的亞聖杯戰爭？不是。

這是讓受召喚的英靈在互相廝殺中前往最底層的死亡遊戲？不是。

不是。不是。不是！

全都不是！

這裡——

——是吸血種為獵食英靈而改造的巨大消化器官（胃袋）！

「……老實說……」格蕾變換舉鐮姿勢繼續說道：「你說的一字一句，我完全無法理解。可是……我知道你為什麼要說這麼多。」

她輕聲低語。

魔人以優雅的動作頷首回應。

比冰點更冷。

不為所動，毫無感情。

像個等待無辜生物生命之火憔然熄滅的死神。

「我當然會殺了妳們，那又如何？」

——為使亞聖杯戰爭之舞臺而運作的「艾爾卡特拉斯第七迷宮」。

——在這座魔窟中，存有許多疑問。

以日本冬木市為原型而衍生的亞聖杯，通常能藉由召喚英靈並吸收其魂魄中的龐大魔力，發揮願望機的功效。

英靈在聖杯戰爭中被迫互相廝殺即是為此。

到頭來，英靈們不過是實現願望的的魔力來源。

這機構與原型大同小異。

差別只在於英靈的數量。原本有七騎，亞聖杯最多五騎。

據說這數量差距，正是冬木聖杯是為萬能願望機的原因所在。

只能累積五騎以下英靈魂魄的亞聖杯，與萬能相差甚遠。

然而願意施行亞聖杯戰爭這魔術儀式的魔術師仍是前仆後繼。
他們應該是認為即使不至於萬能，仍能帶來巨大的利益，所以才那麼做的吧。

但是——
這次為何選在「迷宮」呢？

難道真是如前所述，為了讓英靈攻破「迷宮」嗎？
但這仍有個疑問。
要記得在最底的第四層最深處設置亞聖杯的第二迷宮創造者，應該已經將「迷宮」攻略完畢。

需要換個想法才能解答吧。
例如——
對，例如這座「迷宮」並不是第一次進行亞聖杯戰爭。
將英靈召喚至封閉的「迷宮」裡，會不會就是他的目的？

「可能是愛歌身上發生了某些事吧。」

在光點圍繞中。

淡淡地，略顯寂寥地。

將勝利之榮耀化作力量的騎士王，說出她最後的話。

她沒有戰敗。

劍兵的聖劍為她帶來了確切的勝利。

瘋狂咆哮、瘋狂肆虐，向全方位斷續掃射閃光的龍魔像，雙頭的仿製龍力——重現為質量巨大的虛像，不該存於現代的古老幻想，已被她完全破壞。

魔力爐所放射的熾烈熱線與聖劍光會瞬時交錯。

在四騎英靈（使役者）喪命前。

在他們魔力耗盡之前。

——弓之英靈（Archer）先製造了契機。

乾脆豁出去似的，懷抱承受傷害的決心持續牽制。以寶具維持隱形，從遠處連續射擊。龍魔像渾身都是物理與幻想皆能抵抗的堅固重甲，即使是削鐵如泥的箭也打不穿。對龍魔像而言，這樣的每一箭反而還像是那看不見的敵人刻意洩漏自己的位置。

僅是幾秒鐘的牽制，他就中了幾次熱線。彷彿是只要靈核沒事就無所謂，將防禦全交給術之英靈（Caster）的防禦魔術，反覆進行決死攻擊。

接著，暗之英靈（Assassin）也動身了。

他毫不考慮熱線對其肉體造成的損傷程度，即使肺被轟掉了一半也全力高速移動。以有如蜘蛛蛇蠍的的異樣身法，化作暗藏必殺劇毒的毒獸，輕盈躲避粗如大樹幹的尾掃。

並在雙頭將攻擊目標改換至弓兵的些微空檔發動寶具。

他異形的右臂，鏡像複製出雙頭龍魔像這假龍族的擬造靈核。

也就是心臟。虛假的生命也有其根源。

捏碎它，戰鬥就結束了——然而事與願違，鏡像破壞失敗了。

刺客的寶具是用於制裁的神蹟，破壞心臟處決罪人。由於神蹟之手也可深入黑暗，對象不僅限於人，有時是魔物。但對於擁有多個心臟，非人非獸的高階目標，則不一定能給予制裁。

好比這一刻。

擬造靈核抵抗了刺客藉神蹟所行的制裁。

因為其基礎構造中含有具神性技能的靈核。

反衝還傷害了刺客異形的右臂。但儘管寶具的必殺一擊失敗，龍魔像的動作仍因心臟暴露這異常狀況而出現短暫停滯。為時兩秒。以廣大空間中任何一切為對象的熱線之雨忽而停歇，告訴英靈這是大好機會。

術士的脣隨之微張。

吟誦高速神言。

這位神代魔術師在這一刻全力發揮她真正的價值，以大型魔術分解了龍魔像胸部緊密結合的複合裝甲。使三座魔力爐如鮮花吐蕊般毫無防備地裸露在外後，她在留下保險，以免絕招威力比第三層大廳之戰更低落的狀況下，將這場死鬥導向結局。

「命定的(Ex)——」

如同字面。

「——勝利之劍(calibur)——！」

那是劍兵的最後一擊。

最大的威脅，阻礙英靈去路的第二架龍魔像就此毀壞。

一行人也來到沙条愛歌——或者說曾是她的人物可能墜落的結晶洞窟。

才以為狀況將要好轉，但是——

騎士王的肉體逐漸消滅，化為光點。

因為聖劍的一擊，耗盡了她用以維持現界的魔力。

「哎呀呀，還真被我說中了。」

術士以平淡得不像是揶揄的語氣，對正在消逝的劍兵說。

「我是很想避開這麼可惜的結果，但也莫可奈何。該斬下聖劍的時候，妳必定在所不辭，即使明知自己將因此消失也一樣。」

「多虧有她，我們才能活下來啊。」

弓兵的話依然輕佻。

表情卻非常凝重。

刺客的白色面具底下沒有任何聲響。

吐一小口氣之後，劍兵說道：

「……我不想把話說得太死，但事到如今也不必顧慮了。愛歌在第四層入口附近消失的瞬間，我和她的契約已稀薄到非常致命的程度。雖然好不容易勉強維持現界至今——」

劍兵的話在此稍停。

她的左手肘以下已經完全消失了。

「但看來使用寶具對我的負擔還是太大。」

魔力補給顯著低下。

原以為無法以無聲之語和主人對話是因為受到魔術阻礙，但其實是與她締結契約的主人愛歌本身發生重大問題。騎士王很早就開始懷疑這個可能了吧。

她為何閉口不提呢？

是擔心破壞四騎的合作，還是不想暴露自己的弱點？

具少女模樣的英靈並未多言。

「我就知道是這樣。」術士的反應有些許諷意。

「抱歉。術士，我明明知道妳說的話是什麼意思，但還是起了好幾次無謂的衝突。」

「沒關係，我特別原諒妳。」

看不清術士說這話時的表情。

似乎是微笑。

似乎是失落。

說兩者皆非也並無不妥。

「弓兵、刺客、術士……」騎士王再次環視三騎英靈後說道：「儘管最終目的不同，和你們這些知名的英雄並肩作戰，我依然感到十分榮幸。我從沒想過化為英靈能帶給我這樣的體驗。」

「我也沒想到啊。」持弓的男子大大頷首。

「的確是意想不到的搭配。」面具男終於出聲。

「……我還想用其他方式跟妳玩玩呢。」長袍女子戲謔地說。

「這我就不敢恭維了。」

淺淺的苦笑。

然後是短暫空白，幾秒的時間。

不是因為猶疑如何開口，而是思考心中幾個懸念。

那便是——

「請將分配給我的禮裝交給她。」

曾為她主人的少女，似乎觸動了她某些感情。

騎士王以僅存的右手取出手鐲。

那是魔術禮裝，來自探索第四層時發現的寶箱。若以二十一世紀初的現代魔術師為基準來衡量，裡頭肯定裝載了超乎常規的魔力與魔術，極為貴重。然而對亞聖杯召喚出的英靈而言，就只是用來補充魔力的食物。

「各位，萬事拜託了。」

這是她最後一句話。

劍之英靈就此消逝在結晶洞窟的淡淡光輝中。

只留下些許光點、魔力的碎片。

巨鐮與死亡之爪連連對撞。

灰色少女劈斬充滿魔力的巨鐮。

黑衣魔人揮掃銳利的長長鉤爪。

我不太確定雙方是誰先動手。

當我嚇得抽一口氣時，他們已經打起來了。

加速、加速、加速。

剎那間，兩人已進入遠超乎常人體能的高速領域。

只過〇・一秒，他們就在距離二十公尺處交鋒。

奔過地毯的身影。

奔過牆面的身影。

就連那一點點的殘像，也很快就消失不見。

「……！」

我很想用魔術支援格蕾，但是看不見，想幫也無從幫起！

高速戰鬥。他們都具有人類外形，卻理所當然地使用人體不可能達到的運動能力，戰得爪飛刃舞。影音網站所能見到的武術高手能完全不能比，速度高得突破現實的攻擊不斷交錯。

猛速縱橫的刃與刃。

衝擊擴散至周圍空間，稍後才聽見刺耳的連續金屬撞擊聲。

火花四散。光。那究竟是物理現象，還是魔力光所化作的攻擊餘燼呢。

雙方戰鬥實在太快，我完全無法預測。

但我不會永遠看不清。

眼睛會漸漸習慣。

掌握視覺資訊。

即使是不曾意識的高速物體、動作，還是違背正常物理法則的幻想，至少都映在我這雙眼睛裡。該有的資訊都在，只是我的腦無法認知。

我是這麼想的。

再過十秒，這雙精確度不怎麼樣的妖精眼就能調整完畢。

只要一度適應，我的眼睛連劍兵的高速戰鬥都看得清。

「哈哈哈哈哈！妳這姑娘的能力真有趣！」

「──────」

看見了。我看清了。

我的視線準確地定在空中。

更在離地約兩公尺高的亞聖杯之上──

能看見格蕾在高約十公尺的天花板上靈巧地奔跑。

接著，少女躍入空中。

以沒有任何支點卻仍勾在空間中的巨鐮為圓心迅速變換位置，向下突襲奔過地毯也不留痕跡的吸血鬼。那是使盡全力的強襲嗎？

有可能。

由於雙方資訊都已揭曉，我才能如此推測。

她寶具的效果規模太大，恐怕無法在這裡解放。若對方質量巨大倒還可以考慮，可是在如此密閉的空間對人使用對城寶具級的魔術，會出什麼事呢？可以肯定的是，那會對「迷宮」造成顯著損傷，別說殃及我，她還可能活埋自己。

因此。

在無法使用原有絕技的狀況下，只要有必殺的機會，她肯定不會遲疑。

我很想用摔倒魔術支援她。

可是唸咒速度跟不上。

即使用了祖父留下的禮裝，在如此高速中也幫不上忙。

所以我只能緊閉著嘴旁觀。

看著格蕾將雙手握持的巨鐮與自己本身作為唯一的武器、利刃，甩鞭似的朝魔人驟然一掃。

這些都給我聲響竄過整個鮮紅廳堂的錯覺。

鏗。似乎斬斷了些什麼。

死亡之爪碎了。

吸血鬼右手的鉤爪輕易地斷成兩截。

能贏。格蕾比幻想種更強。就在這麼想的我張嘴的瞬間，一陣惡寒竄過背脊。話說得太早了。不對。自稱沃爾夫岡．浮士德的怪物那張蒼白臉孔上的表情，是享樂，是從容，是憐憫，更是蔑視！

「……快躲！」

我的叫喊一點幫助也沒有。

叫出聲時，魔人的速度已快上一階。

黑色大劍。

或者是黑色長牙。

黑衣瞬時硬化成金屬質感的尖刀，挾帶強過死亡之爪數倍的威力飄盪。黑色是預告，下襬是死亡。劃開空氣招呼少女的，是風暴般的漆黑啃咬。

不僅止於一擊。

二連、三連、四連、五連。還不停歇。

格蕾以新月形的鐮刃抵擋接連襲來的黑色死亡怒濤。

在空中。沒錯，魔人的攻勢甚至讓少女的腳無法落地！

「少給我拖拖拉拉！快給他一點顏色瞧瞧！」

巨鐮（亞德）的聲音響起。

這狀況讓他很焦躁吧。

知道自己正被逼退，所以發出警告。

緊接著，少女的身影忽然消失。

不是被黑刃擊中，而是被他的長腿踹飛——格蕾纖細的身體撞上遠在後方的牆，而我花了半次呼吸的時間才注意到。在牆邊。以快過砲彈的速度撞牆，如此動能當然會造成傷害。

少女扶著龜裂的牆，搖晃著重整架式。

看來受了那一擊，即使使役者也免不了要受點傷。

就在我為是否該跑過去用療傷術式時——

「捱了我這吸血種貴族的一擊、一爪，只是人身的妳居然還站得起來啊！」

伴著掌聲。

魔人如此高聲宣告。

——人身？

「騙人……」

騙人。騙人。怎麼會。

魔人的話在我腦中迴盪。

受亞聖杯的力量現界為槍之英靈（Lancer）的使役者。

其他四騎完全不知的第五騎英靈。

我一直是這麼認為。

毫無疑問。

單純先入為主地這麼想。

即使沒有遭受魔術或詛咒干擾精神，我也一陣暈眩。

全身血液倒流、手腳發冷如冰的錯覺，是來自我了解那句話很可能就是事實，並接受了它的緣故。

人類，格蕾是人類。

沒有長槍，以死神之鐮(Grim Reaper)為武裝的少女。

身材這麼纖細，卻以那麼卓越的技術與體能應戰。

承受幻想種的一擊——

受傷程度肯定不輕！

即使她手上有名叫亞德的特殊禮裝、寶具。

只要是人類之身，一個女孩子不可能平安無事。

「啊、啊啊，格蕾……怎麼會……！」

不該存在的第五騎英靈並不存在！

早該發現的。

我一開始就認定只有更甚於強者的超常人物能闖入「迷宮」最底層，人類根本不在考慮範圍內，連萬一都沒想過。那麼，我這是逼她做了多麼危險的事啊？

竟然理所當然地讓她對抗死之怪物。

啊啊，那不就是要她站上斷頭台一樣嗎！

「我……！」

我馬上過去，不要動。

妳需要治療魔術。

或許能變化為鐮刀或匣子的亞德是擁有驚人性能的魔術禮裝，而持有他的格蕾也的確不是普通人。她能夠瞬時殲滅食人妖精，還能想這樣和吸血種平分秋色地纏鬥這麼久。

可是。

她和我一樣，是人類女孩。

儘管她的體能肯定有經過某種強化，但承受傷害的能力不一定有那麼高。

所以我，即使跳躍的速度不能快過聲音。

即使害怕恐懼，渾身僵硬。

即使怕痛，一點也不想死，可是，可是——

——我更不想見到有人為我而死！

快跑到那孩子（格蕾）身邊。

沒有其他方法了。

那個人型怪物沒有看我。

一旦進入他的視野，他無論如何都會看見。但只要我能接近到格蕾的攻擊範圍內，他應該不會隨便追來。這樣我就能替格蕾用治癒魔術了，只是要多花一點時間。

背包裡應該還有幾樣輔助治療魔術用的禮裝或靈藥。

我以發抖的腳踏過地毯。

奔跑、奔跑、奔跑。

「請問——」聲音從旁出現。「妳想上哪去呀，我可愛又脆弱的前菜？」

「咿——」

視線交錯。

吸血種這具現幻想的眼睛，透過眼球揪住我的腦髓。

我停了下來，不由自主地。

「我沒有特別給這招取名，如果用魔術師的用詞來說，屬於魔眼一類吧。算是操控肉體。我在想，或許該稱它為支配之眼。」

死亡之手向我伸來。

在碰觸我肩膀的瞬間，觸動了設於衣服內的魔術。

那是我在裝備失而復得後預備的一種反擊黑魔術，也是祖先代代傳承，只限一次的緊急防禦禮裝，威力足以轟掉碰觸者的手。

然而，什麼效果也沒有。

衣服的確浮現了魔力光，但是對魔人沒有任何影響。

現在我才想到一個魔術的常識——神祕是愈古老愈強大。

「首先我就來品嘗妳們兩隻少女鮮嫩多汁的生命之果吧。真想不到今晚……」

魔人脣角一歪。

微微顯露的牙齒，有如野獸一般。

「有這麼豐盛的晚餐。」

眼角餘光中，能看見格蕾重整戰鬥架式。

明明衝撞她身上的餘勢都應該還沒散盡。

與定在地毯上不動的我，相距約三十公尺。

以之前所見的速度來說，啊啊，說不定是真的來得及。

可是不要，別過來。

拜託妳趁他吃我的時候快點逃。

我自以為什麼都跟妳說了，就對毫無隱瞞感到滿足，真正該確認的事什麼也沒做，不值得讓一個連治療都有問題的女孩冒險保護。

對，沒錯。

我沒有任何特別之處。

假如我有愛歌一小截指尖的力量，或許會有點不同吧。

可是我現在不需要魔術才能或近乎全能的力量。

至少。

至少。

給我在這裡抵抗魔眼，大喊「快逃」的勇氣——

「到此為止。」

城堡中的謁見廳。

見者無不感到莊嚴的鮮紅廳堂裡。
原本為互相廝殺而現界的三騎英靈，如今在此現身。
神話的再臨。
傳說的具現。
尋求虛假聖杯，為犧牲生命而受召喚的歷史英雄們，如同人們自遠古之前就期盼至今的形象來到這裡。那就是面臨絕望危機時降臨的希望，為守護弱小但尊貴的意念而現身的崇高力量。
如惡龍吞噬公主的瞬間。
如血戰步入結局的瞬間。
如搶回失心少女的瞬間。
「對純潔年少的生命伸出魔爪的惡鬼啊，到此為止了。」
一句制止的話語。
刺客透過白色面具的堂皇宣告，及時止住了吸血種的牙。
「……啊，主菜終於上桌了。騎士王不能奉陪嗎？」
在漆黑笑容歡迎賓客之前，先有段流麗的聲音。
聽清楚了，魔鬼。

此乃神代之片鱗。

術士的脣織出至高神言，將存在於周圍的大源（瑪那）直接轉換為破壞的奔流。接連浮現的大型魔術陣中央連續放射光線，準確地將人型怪物灼燒殆盡。

連同站在其身旁等死的少女探險家。

不，並沒有。

少女——與劍之英靈的主人有所關聯的少女，被未達魔之漆黑的粗壯黑色手臂一把抱住，逃脫了大魔術造成的破壞巨鎚。她以啞然、愕然、不曉得發生什麼事的表情注視白色的骷髏面具。

「快救救、格蕾……」

「當然，但可能沒那種必要。」

刺客的話不是虛偽的安慰。

而是明顯的事實。

另一名仍戴著灰色兜帽，並非英靈也擁有超人機動力的人類少女，已經重新進入戰鬥狀態。

強烈的蹬踏，將地毯連同鋪石一起彈開。

在術士不屬於四大系統，以純粹魔力製造破壞的魔術中，弓兵更加上無限連射的箭雨追擊。而灰色少女配合兩者步調化為疾風，貼地滑翔。腳不觸地就調整至完全的攻擊狀態，以完全水平——以日本用詞就是橫一文字地掃出巨鐮。

將看似破壞殆盡的人型幻想上下兩斷。

這一刻、這瞬間，三騎與一人合而為一，發揮出了團隊的戰力。

然而——

「哈哈哈哈哈哈哈哈哈！」

再生、復原。

不，這就是吸血種稱為不死的原因！

連一次呼吸的時間都不用。

他是為恣意蹂躪定位於標準生物、物理法則之子的人類而誕生的不死者，呼口氣就能補充魔力，以不跳動的無聲心臟維持體軀，用尖牙吸取生命的吸血幻想。

不死，不朽，永不斃命。

嘲笑，冷笑，以人為食。

英雄們，看清楚了。

立於此處的，是你們的「敵人」。

「若是一般幻想種，這樣就應該完全消失了。」

完全地，完美地。

魔人連衣物都一併復原，指尖伸向尚未收回的鐮刃。

有種會被動手腳的感覺。以灰色為名的少女反應迅速，在剛重新形成的死亡之手觸及之前就往後大幅跳開。

吸血種遺憾至極地歪起頭，指尖繞圓。

有東西浮現了。

那是近似飄浮在大廳中央一帶的亞聖杯的耀眼光芒。

吸血魔人頭上、右肩和左肩個浮現三個光源。

「靈核……？」術士發出近似懷疑與不解的低語。

「沒錯，我的核心不只一個。這英靈核，可是共有三個！」

隨這宣言，那光源——

其稱為英靈核的超高密度魔力團塊開始閃爍。

啊啊，那是什麼呢。

英雄之魂、絕大力量、超越之源。

以靈核為軸心琢磨而成的魔石。魔人眼中最佳的實驗材料。

也是英靈們被召喚於用亞聖杯召開的聖杯戰爭，懷抱宿願卻仍在「迷宮」中倒下，失去乙太構成的暫時肉體，靈核還遭侵佔的遺憾。

「第四個用來給雙頭龍做靈核，且又被你們精彩地破壞掉了……可是無所謂，等著見識這三個靈核能達成何等偉業吧！我是不知道從樹上摘下成熟果實的喜悅，但是從你們身上挖出靈核，應該能給我很類似的感覺吧！」

何等桀驚的宣告！

但這裡的英雄不是全都會等他說完。

「廢話連篇，給我閉嘴。」

也有人專事潛伏與奇襲。隱形狀態下從死角射出的聖樹（紅豆杉）之箭，滿載能使魔人肉體當場爆散的威力，直指目標急速逼近。似人非人的魔性怪物即是不潔之物，這支箭能為他帶來真正的死亡吧。

可是沒中。

吸血鬼不遮不掩地露出一口白牙大聲訕笑——

真正啟動了英靈核。

毒箭因此消散。

三個魔力團與無法成神，但因吸食精血而遠離死亡的怪物直接連結，就要在此刻透過亞聖杯締造不可能的偉業。連結英靈座？不，那不過是模仿聖杯效力的虛假末節，將魔術師所用的召喚術更發展幾個階段的東西。

儘管如此。

他仍實現了至今的成果。

也就是使英靈在並非使役者的狀態下實體化。

『————————！』

咆哮，尖嚎。

高約三公尺的鮮紅虛像瘋狂吼叫。

那是彷若巨人的威容。

英靈的暗影。

藉血液濁流構成肉體的反英雄之假象。

視沃爾夫岡．浮士德為唯一主人的破壞巨兵。

不具精神，沒有意識，只以兩柄威猛巨斧摧毀一切障礙的狂戰士。

真名不在此處多言。

完整包覆頭部，儼如巨盾的鐵面罩底下暗暗滴流的苦悶血淚，如今完全——

「來，代達洛斯大迷宮之主，盡情破壞吧！
哈哈哈哈哈哈哈，守護者們儘管高興吧，這可是最適合你們的開幕式啊！」

——呵呵。

就只是稍微回憶一下而已。
我就忍不住輕笑。

與另一個你相伴的日子。
不同於我的亞瑟·潘德拉岡，有阿特莉亞相伴的短暫時光。
早中晚都一起漫步在黑暗中。
一起作戰。
一起睡覺。
對了，還做了好多菜。

我簡直就像變成弱小的人類。
只能使用一點點魔術。
受傷就完了。好像會很簡單就死掉，一點辦法也沒有。
就像童話故事裡等待王子到來的公主那樣。

這短眠的間隙。
我的眼所見到的夢境。
用這裡的時間來算，是過了多久呢？
幾分鐘？不，五十三秒？

我就承認吧。
在「迷宮」裡的短短幾天，我真的覺得很快樂。

可是，我有幾個遺憾。
沒能進到第四層最深處，有點可惜。

也沒有跟另一個你（劍兵）好好說再見。

都是因為正在東京地下（這裡）大聖杯中起伏的這孩子。

這個愛撒嬌的孩子發現自己沒人陪——

就把我從「迷宮」一口氣拉回這裡了。

現在，該怎麼辦呢。

夜還很長。

要對走在東京街頭的你，說我作了這樣的夢嗎？

啊啊，還是——

「哈哈哈哈哈哈哈哈哈哈！」

人型的幻想種大笑、大笑、大笑。

我(諾瑪)想，那一定是確信自己終將勝利的譏諷。
「吾王萊卡翁啊，祝福我這阿卡迪亞的後裔吧！」
略感朦朧地，我聽著魔人的話。
並且注視。
注視英雄們與怪物死鬥的模樣。
刺客抱著我跳到戰鬥影響較小的門口附近，所以我才能不受波及存活下來，沒有死。
可是什麼也不能做。
不能用魔術幫點小忙。
一句話也聲援不了。
我做什麼都沒有意義。
能掌握神祕內涵至某種程度的這雙眼告訴我。
這是神話的再現。傳說降臨於二十一世紀現代而造成的殺戮之宴。
不是區區人類可以涉入。
術士不停爆裂的魔術，弓兵的無數箭矢，刺客如槍彈的飛刀，格蕾疾掃的鐮刀——新出現的腥紅巨人承受著這一切，劈砍破壞之斧——
無論何者，我只要稍微碰到任何他們的一點點攻擊就會四分五裂吧。

毋庸置疑。

肯定是。

如錐刺貫穿我全身的惡寒與恐懼，在三騎英靈現身並即刻開戰後稍有緩和。意想不到的人物，如同眾多傳說與故事敘述的那樣來救人了——

我這麼想著、盼著，呆立原地。

為何劍兵不在這裡？

會是令咒消失使魔力停止供給，對她造成了影響嗎？

我盡可能要自己在事情結束前都不去想像最壞的可能。

我完全無法預測局勢，只能默默地、默默地，觀望。

死亡狂瀾，無止盡的暴力風暴。

物理與神祕混合而成的破壞所挾帶的大批轟聲，甚至抹去我的呼吸。

「怎麼啦！你們這些英雄怎麼啦！三騎合力也只有這點水準嗎！

哈哈哈，來殺我啊！不在這裡殺了我，我的存在層級就要在這裡提昇啦！」

吸血怪物如是說。

黑衣魔人如是說。

他幾乎要超越幻想，征服神祕——

甚至可能擁有與那些源頭相等的力量。

「這個自大妄想的怪物是怎樣？」維持隱身的弓兵短啐一句。

「這個吸血種……該不會想成為精靈種吧……？」

啊啊，我聽過術士所說的詞。

精靈，化為實體的自然，星之觸覺。

記得也是與世界存續息息相關的「抑制力」一類。

具備神代回歸，甚至在這世界上具現幻想的自然靈——

就書籍上的知識而言，就是如此。

而我是這麼想的。

那是一種絕對之物。

是神——

或是某種遠遠超乎我想像，真真正正的怪物！

「第一次，我失敗了，第二次也是。可是在這場第三次實驗中，我終於成功擁有了亞聖杯。」

「小小吸血的惡鬼也敢放肆。」

和格蕾一起奔過牆面的刺客苦悶地這麼說。

我不太懂魔人的話和英靈們的反應。

啊啊，總之我不要。

我不要恐懼，我不要再害怕。我想相信英雄會獲得最後的勝利啊！

我的腦正確地認知了視覺所接受的資訊。

並加以理解。

——三騎使役者們。

——在來到這裡的路上就已經大幅消耗了魔力。

撐不過去。

他們無法長時間維持如此極端酷烈的戰鬥。

由血緒聚合而成的狂戰士每一擊都是那麼強勁，且吸血種不時施放的大魔術也能對三騎英靈和格蕾造成確實損傷。能連同空間粉碎萬物的鮮紅巨刃軌跡，以我所不知的異形魔術旋轉的漆黑死亡，全都具有必殺的威力。

乍看之下五體完好，純粹是誤判事實。

術士只能用僅存的魔力進行魔術防禦。

而那已經瀕臨極限。

「啊……」

我叫不出聲。

英雄即將戰敗的預感化為呻吟，震顫咽喉。

我沒有慌。

霎時間，近似肯定的認知由內填滿了我。

不行，不行這樣。不能這樣下去。

必須想個辦法，否則會被那兩個怪物殺掉。

不只是我。

格蕾、亞德。

獲得暫時生命而現界的英靈，也會像那樣被他挖出靈核。

「……不要……」

我搖起頭。

眼角到臉頰有濕濕的感覺。

我哭了？

是因為我在害怕？

不知道。我不知道。

我無法認清是何種情緒使我哭泣。

我不想被殺，也不願格蕾喪命，更不想見到英雄潰敗。

拒絕與否定，給我精神與意識遭到撕裂的錯覺。

啊啊，我要崩潰了。

諾瑪·古菲洛要粉碎了。

以我所沒有的勇氣對抗怪物的英雄們，對不起。

在肉體毀壞之前，我就——

『真是的。』

——誰的聲音。有道優美的聲音對我耳語。

『妳好歹也和我同化過一段時間吧。』

——宛如風鈴般響起，耳熟的女孩聲音。

『振作一點。』

——原本一絲絲也沒有的東西開始湧上。

『雖然所剩不多，但是我還是在妳體內喔——只有一點點。』

——這是什麼？勇氣？

還是希望？

獨一無二，照亮且引導我束手無策而步入絕望的弱小心靈。

慢慢地，我抬起頭。

這才發現我不知不覺地低下了頭。

不敢再看英雄與怪物交戰而看著腳邊。

凝視前方吧。

我不會再轉移視線了。

因為——

「愛歌。」

既然妳這麼說。

既然膽小懦弱，動不動就想逃避的這副肉體還殘留著一點點的妳，我就能停止顫抖。不再低頭，不再讓自己因絕望太深而就地崩解。

『劍兵已經不在了吧。真想跟她說再見。』

「對不起，我——」

『不是妳的錯吧。

我知道，她會消失都是因為那個黑色的人。』

「嗯。」

『知道該怎麼做吧？』

「嗯。」

輕輕點頭後，我——

——順從全能少女（Potnia Theron）殘片的引導，向前伸出了手。

知道嗎，諾瑪？妳要創造奇蹟嘍。

一些些。

一點點。

喏，妳自己看。

弓兵輕鬆地吹著口哨，說著這樣才對。

術士的話有點難懂，說著想不到能在現代見到。

刺客是理解了的表情，隔著面具也看得出來。

然後，那孩子。

長得很像劍兵的灰色女孩好像很驚訝。

嗯，也對。

雖然只是虛體，她畢竟是第一次看見我。

不過——

最驚訝的應該是那個黑色的人吧。

做了一堆沒必要的東西，到處擺來擺去。

妨礙我和另一個劍兵說再見的元凶。

需要一點懲罰，對吧。

諾瑪，要仔細瞄準喔。

把手伸直，對，相信自己可以掌握一切。

「妳……」

趁他還那麼驚慌。

「妳到底是什麼東西……！」

趁他還那麼害怕。

想獲得那種畸形力量的囂張吸血鬼——

就把他的存在。

和他的世界。

全部除掉就行了。

接著，是萬色光芒。

並非星輝，並非太陽的熾焰。

並非破壞之力，並非萬死的詛咒。

為沃爾夫岡・浮士德提供力量的三個靈核與亞聖杯頓時灰飛煙滅，以鮮紅虛像之姿散布破壞渦流的狂戰士也煙消雲散。

毫無招架之力。

誰也無法形容這一刻。

全都在一瞬之間。

流暢無阻。

這支各項絕技爐火純青的團隊，也在此獻上最佳的搭配。

術之英靈的魔術，將魔人全身定於空間。

暗之英靈的神蹟，瞬時捏碎凍結的心臟。

弓之英靈的毒箭，阻擋其肉體繼續再生。

接著。

死神之鐮畫出光弧，將他一刀兩斷——

降臨於此的奇蹟，將欲成幻想之王的吸血種粉碎殆盡。

其殘骸，就只有乙太的些許光點。

Epilogue

Fate/Labyrinth

——隨亞聖杯啟動而化為死亡封閉空間的「艾爾卡特拉斯第七迷宮」。

——就結果而言，魔窟的嘴再次開啟。

徒弟的歸返，可以視為「迷宮」的異常狀況已經結束。

施於地面出入口也已自動解除。

含徒弟在內，共有兩人生還。

很遺憾，其他委外人員全數喪命。

據說亞聖杯已遭完全破壞。

繼艾爾卡特拉斯氏之後扮演迷宮創造者，在此進行魔術實驗的人物，很可能是利用了阿格里帕的行星魔術陣。據徒弟指稱，該人物自稱為吸血種。

召喚英靈（使役者）們，奪取他們的靈核——

他究竟是想成為什麼呢？

的確，若以靈核為材料來更有效地運用太陽魔術陣，要達成靈基再臨也或許不是不可能的事。

就現狀而言，這樣的假設是能說明大部分問題。

但還有幾個疑問。

徒弟魔術知識尚淺，能提供的證詞有限。

有必要重新調查「迷宮」，搜尋該人物留下的痕跡。

（以上記述由艾梅洛閣下Ⅱ世之筆記重組而成）

我，完全恢復成諾瑪（我自己）了。

再也聽不見妳的聲音。

當時聽得那麼清晰，現在卻連一絲絲感覺也沒留下。

沙条愛歌。

在陰暗「迷宮」中的這幾天，擁有我肉體的妳。

闔上雙眼，那飄逸的翠綠連身裙便浮現眼前。

妳是那麼地美麗。

那麼地美妙。

而且，笑得比誰都更溫柔。

我能活著走出來，毫髮無傷地存活，吸一大口早晨的稍涼空氣，在明朗陽光下瞇眼——

肯定全都是因為有充滿勇氣的英靈、格蕾、亞德，還有愛歌。

謝謝你們。

然後，對不起。

諾瑪·古菲洛這副身體，從頭到尾都在拖累你們。

更慚愧的是——

三明治。

我把妳為劍兵做的三明治吃掉了。

雖然留了點劍兵的份，卻無法交給她。

要不是在我第四層入口那邊亂跑，就能把妳留下的三明治完整交給她了。對不起，真的很對不起。

我該怎麼——

我到底該怎麼答謝妳才好呢。

愛歌。該怎麼答謝已經回到原處，無所畏懼的妳呢。

綠樹濃密的森林盡頭。

張開緊閉大口的「迷宮」入口就在那裡。

柔和的朝陽下，有群人正互相道別。

是三騎英靈。

到最後，亞聖杯消滅了。對想取得亞聖杯的人而言，固然是有所不滿，但是在那種情況下，選擇連同亞聖杯一起消滅吸血種的確並不壞。結論上三騎英靈一致認同。

沒人責怪橘髮的少女（諾瑪）。

只有說過幾句挖苦的話。
聽了那些話，少女表情沮喪地低下頭——
「低什麼頭，頭抬起來。」
弓兵硬抓住她的手，塞個東西給她。
是一只手鐲。
來自「迷宮」，納入某種魔術的禮裝。
「咦？啊，我、我……」
「劍兵給妳的。既然愛歌不見了，東西就該交給妳才對。」
「我、我……沒有理由收這麼貴重的東西。」
「那就當作替她保管吧，姑娘。」
往來自面具底下的輕細聲音望去，卻沒有看見刺客的影子。
他不是發動技能斷絕氣息。
就只是消失了。
對，他們正在消失。
失去了亞聖杯這個使他們存於現世的「拱心石」，英靈無法繼續維持肉體。
「我也該走了，應該不會再見到你們了吧。」

術士也化成光消逝了。

接著——

「真是群急性子。隨便，我的時間也快到了。好好保重啊，愛歌的容器小姐。我的真名……等妳哪天當上我的主人再告訴妳。」

弓兵也融入金燦燦的朝陽中。

獨留一人。

少女看著手鐲，獨自佇立。

嘴脣碎動，似乎喃喃說了些什麼。

也許是向已經不在的四騎英靈告別吧。

或者——

「亞瑟．潘德拉岡。她是這麼說的吧。」

「對……」

「這樣啊。」

與道別情景有一小段距離的地方，有對男女在對話。

一個是向朝霞吐出雪茄紫色輕煙的男子。

一個是頭戴灰色兜帽的少女。

對徒弟的簡潔回答點點頭後——

男子，艾梅洛閣下Ⅱ世忽而將視線送往遠方。

望的不是這個嘆為觀止，神祕庭園「迷宮」入口所在的森林一角，彷彿要將思緒寄予某個時空都不同的地方。

「無論如何，現在有很多事得問問她。既然她目睹了現代不可能發生的高階事象，每一句證詞都很有價值。對於研討是否可能重現也很有用。」

「師父，不好意思，我……」

「什麼事？」

男子回過頭來。

少女欲言又止。

說不下去，支吾其詞。想說的話還說不出口。

但是。

取而代之地，她似乎另外想起些什麼。

「——那個，就是她給的三明治還有剩。」

（終）

Monster Encyclopedia

插畫／マタジロウ

奇美拉

Chimera

基本資料

種　類	合成獸
屬　性	土、水
體　長	3～6公尺
體　重	9～14噸以上
棲息地	特殊

攻略方法

弱點部位	心臟
弱點屬性	——
魔力抗性	中

報酬

獲得素材	金屬裝甲、悲哀的心臟
材料掉落率	10%、1%

攻擊特徵

攻擊方式	以大量尖牙啃咬、巨爪、毒尾、撲壓
異常狀態	壓制、中毒

凱爾派

Kelpie

基本資料	
種　類	合成獸
屬　性	水
體　長	2公尺以上（肩高）
體　重	不定
棲息地	水邊（以不列顛島北部為主）

攻略方法	
弱點部位	體內（核）
弱點屬性	火（限超高溫）
魔力抗性	高

報酬	
獲得素材	水袋、水靈晶露
材料掉落率	50%、5%

攻擊特徵	
攻擊方式	引誘、水蹄、超高速衝撞、囚入體內、飛撲
異常狀態	魅惑、封鎖技能

多腳自動人偶

Automata

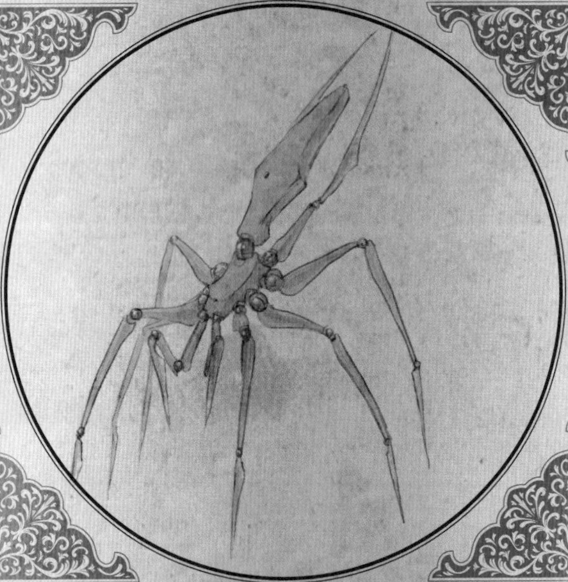

基本資料	
種　類	自動人偶
屬　性	土
體　長	2～4公尺
體　重	1噸
棲息地	特殊

攻略方法	
弱點部位	軀幹
弱點屬性	物理
魔力抗性	低

報酬	
獲得素材	迴轉機關
材料掉落率	5%

攻擊特徵	
攻擊方式	八連腳擊、八連腳刃、極小型魔術彈、纏抱切斷
異常狀態	壓制、暈眩

魔像

Golem

基本資料

種　類	魔像
屬　性	土等類別
體　長	3～6公尺
體　重	10～35噸
棲息地	特殊

攻略方法

弱點部位	——
弱點屬性	——
魔力抗性	低～高

報酬

獲得素材	複連雙晶
材料掉落率	5%

攻擊特徵

攻擊方式	質量攻擊（揮拳、搥打、踩踏、熊抱）
異常狀態	——

食人妖精

Human-eating Fairy

基本資料	
種　類	使魔
屬　性	風、火
體　長	20～30公分
體　重	1～2顆蘋果
棲息地	特殊

攻擊特徵	
攻擊方式	示好、咬、啃食、圍攻
異常狀態	魅惑（強）

攻略方法	
弱點部位	頭部
弱點屬性	水
魔力抗性	低

報酬	
獲得素材	妖精翅膀（偽）
材料掉落率	10%

龍魔像

Dragon golem

基本資料

種　類	魔像/龍族（偽）
屬　性	火、土
體　長	20公尺
體　重	粗估一萬噸
棲息地	特殊

攻略方法

弱點部位	裝甲內部（胸部中樞）
弱點屬性	——
魔力抗性	極高

報酬

獲得素材	英靈核（暫稱）、龍牙、龍骨
材料掉落率	0.3%、5%、10%

攻擊特徵

攻擊方式	閃光噴吐、金剛四肢、黑色翼擊、無情尾掃
異常狀態	即死、燒灼

後記

櫻井 光

亞聖杯戰爭。

四騎英靈（使役者），被召喚至一旦涉入便無法生還的「迷宮」。

他們究竟會隨「迷宮」創造者的擺布起舞——

還是被其他的入侵者——

本作是以《Fate/Prototype 蒼銀的碎片》之主軸「沙条愛歌」為主角之一，揀選各《Fate》作品登場的英靈與魔術師而編成的全新故事。

如同在二〇一五年末的現在也仍然火熱的iOS/Android App遊戲「Fate/Grand Order」，由於冠上《Fate》之名的各作品或其世界都有「英靈座」等共通的世界設定，才會有這部夢幻共演的作品。

陰暗錯綜的通道，充滿可怕怪物陷阱的死亡園地。

明明是絕望的空間，卻隨時有種不同的感覺。

那是令人心跳不已的雀躍，滾滾而來的冒險預感！

我從小就特別愛看以迷宮為背景的奇幻小說。要是發燒向學校請假，一定會窩在床上抱著深澤美潮老師的《幸運騎士（暫譯）》第二、三集猛K一上午，天馬行空地幻想。

所以這次能經過輾轉巧遇而獲得寫迷宮故事的機會……

真是天上掉下來的好運。這是我的真心話。

然後是一些感謝的話。

奈須きのこ老師，非常感謝您同意我寫使役者們探索迷宮的故事，並分享《Fate》世界中○○和○○○的定位與詳細資料（幻想種○○○力量強大，而死徒不像某作品那麼強等等細節設定——），甚至接下監修工作，實在感激不盡。

武內崇老師，由於您推薦我使用愛歌配劍兵這麼一個奇蹟組合，本作才有今天的面貌，非常感謝。

中原老師，感謝您繼《蒼銀的碎片》之後繼續擔任供讀者透視故事的「窗口」，又畫出一張張美麗的全彩插畫。能見到您筆下不同於《蒼銀》的愛歌，以及與各作品熟悉的英靈，實在令人感動。當然，諾瑪和兜帽少女也是！

マタジロウ老師，感謝您所繪製的種種殺氣逼人魄力滿點的怪物插畫，提昇了這篇迷宮故事的層次。

三田誠老師，感謝您爽快答應監修整個某些人物登場的部分。真的沒想到您會答應呢！在您看著某人物和諾瑪的對話，一起說「和她們是同類型的機體耶！」的那段時光就像昨天的事一樣。

東出祐一郎老師、成田良悟老師，這次又受兩位照顧了。

有如天外一筆的森瀨繚老師，感謝您在查證〇〇〇之餘，對苦於缺乏短期連載題材的我說一聲「迷宮」，此恩沒齒難忘。

製作設計的WINFANWORKS社、平野清之先生、《月刊COMPTIQ》的小山編輯與全體編輯部、營業部，很榮幸能在《蒼銀》之後繼續與各位合作。

最後，我要向喜歡這篇故事的所有讀者，獻上千千萬萬的感謝。

那麼，道別的時候到了。

我們後會有期。

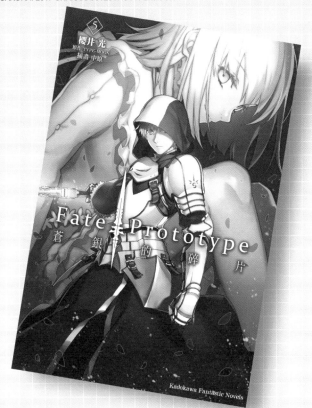